脚本・安達奈緒子
ノベライズ・蒔田陽平

劇場版
コード・ブルー
―ドクターヘリ緊急救命―

扶桑社文庫
0679

本書は映画『劇場版コード・ブルー　―ドクターヘリ緊急救命―』のシナリオをもとに小説化したものです。小説化にあたり、内容には若干の変更と創作が加えられておりますことをご了承ください。

プロローグ

海沿いの道を自転車がのんびりと進んでいく。時おり、サドルを覆っていた白衣のすそが海からの風にふわりと舞う。

師走とはいえ、南の離島は気候がおだやかで空気もゆったりしている。その環境につられるように、〝先生〟もゆっくりゆっくり走っていく。

角を右に折れると背の低い石垣が道に沿って延びている。石垣の向こうには赤い瓦屋根の平屋が並んでいる。その奥にある一軒の縁側で、座って茶を飲んでいたおばあが前を行く自転車に声をかける。

「先生～、ご苦労さまぁ」

田所良昭《たどころよしあき》は左手を軽く上げておばあに笑顔を向ける。しかし、ペダルをこぐ足を止めることなく通りすぎていく。

だらだらと続く坂道をしばらく上ると、ようやく診療所が見えてきた。

平屋の小さな建物で、島のほかの建物と同じように屋根は赤い瓦で覆われている。

往診先でおばあたちの長話に付き合ったので遅くなってしまった。診療所の入り口の前に自転車を止めると、田所はガラス戸を開けて中へ入った。診察室のデスクの上に桜色の封筒が置かれていた。往診中に郵便配達が来たので、看護師の恵理《えり》が受け取ってくれたらしい。

誰もが顔なじみのこの島では、人がいれば郵便も手渡しだ。

恵理の姿はない。勤務時間は過ぎているし、もう家に帰ったのだろう。

田所は封筒を裏返し、差出人を確認した。

並んだふたりの名前に、思わず顔がほころぶ。

耳の奥からヘリコプターのローター音が聞こえてくる。その音が時を一気に巻き戻していく――。

約二十年前、田所は千葉県の翔陽《しょうよう》大学附属北部病院、通称・翔北《しょうほく》病院でドクターへリ事業を立ち上げた。当時は「攻めの医療」ともいわれ、ある意味、無謀とも思われていた。しかし、日本の救急医療の未来のためには絶対に失敗が許されない挑戦だった。

それ以前は、現在と同様の離島医療に従事していた。田所は僻地《へきち》や緊急時の医療用へリコプターの重要性を痛感させられた。幾度となくそれを訴えたが、なかなか思うように実現はしなかった。

前例がないのなら自らつくるしかない。

翔北病院で救命センターの長を任されたとき、田所はそう決意したのだ。

腕利きの外科医だが人間関係がうまく築けずに病院内でくすぶっていた黒田脩二《くろだしゅうじ》をフライトドクターに招き、二人三脚で険しい道を歩みはじめた。

まだ法も整備されていないなかで医療以外の問題にも数多く直面したが、田所は粘り強く困難と向き合い、少しずつドクターヘリという救急医療のかたちを周囲に認めさせていった。その原動力となったのが黒田だった。

たしかに黒田は自分にも他人にも厳しすぎる男で、よく軋轢《あつれき》も生じた。しかし、彼ほど人命を救うことに執着する医師はいなかった。たとえ命を救えなくても、死までの時間を一日でも一時間でも延ばすことに全力を尽くした。伸びたそのわずかな時間が彼らの人生の意味を変えるかもしれないと信じて……。

無我夢中の十年が過ぎ、どうにかドクターヘリ事業が軌道に乗りはじめた頃、あの若者たちが翔北にやって来た。

藍沢耕作《あいざわこうさく》、白石恵《しらいしめぐみ》、緋山美帆子《ひやまみほこ》、藤川一男《ふじかわかずお》。傲慢な天才肌、育ちのいい優等生、プライド高いひねくれ者、人に優しい気弱な青年——それぞれ優れた点と弱点を併せ持った四人のフライトドクター候補生たちは、過酷な救急救命の現場で、時に途方に暮れ、時に悩み苦しみながらも指導医の黒田に必死に食らいついていった。そんな彼らの姿に同世代のフライトナース、冴島《さえじま》はるかも刺激を受け、ともに成長していった。

化学工場での爆発事故で黒田が右腕切断という重傷を負い、外科医生命を絶たれるという不幸な出来事はあったが、それすらも乗り越え、やがて彼らは立派なフライトドクターになった。

自分たちの志を継ぐ者が現れたことで、田所はようやくひと息つけた。翔北のドクターヘリはもう大丈夫だ。

その後、病に倒れたこともあって、田所は翔北病院を去り、今はふたたび自らの原点である離島医療にたずさわっている。

島に医者は田所ひとり。人口五百人足らずの半数以上が高齢者で、毎日が戦場のようだった救命センターでの日々とは比べようもないほどのんびりしているが、自転車で島中を駆け回り、忙しいことには変わりがない。

田所は手紙を読み終えると、同封されていたカードを手に取った。日付を確認し、壁に貼ったカレンダーに丸をつける。

今から連絡すれば島に呼べる医師はいる。

彼らに会うのは七年ぶりだ。

どんな医者になっているのだろう。

田所は口元に笑みを浮かべながら、桜色の封筒を引き出しにしまった。

1

人は厄介だ。

理解し合いたい。そう思うくせに実際は衝突ばかりだ。

親、兄弟、夫婦、恋人……大切な人間関係はいくつもある。

だが、そのほとんどで人はいつもすれ違う。

それはきっと、心というものが目には見えないから。

CT、MRI、どんな検査機器も心の前では無力だ。

ケガや病には敢然《かんぜん》と立ち向かう外科医も、心という手強い相手に、悩み、疲れ、最後は逃げ出す。

＊　＊　＊

搬送用のバックボードの上で仰向けになった藤川一男は、鈍色《にびいろ》の冬空を見上げながら、ふとドクターヘリの白い機体を思い浮かべた。

三か月前の地下鉄駅トンネル内崩落事故の光景が頭の中によみがえる。意識は朦朧《もうろう》としていたが、やけにはっきりと覚えていた。

土埃《つちぼこり》で覆われた暗いトンネルの中、自分はたしかに死の淵にいた。力を尽くしてそこから引き上げてくれたのは、友と恋人だった。

あの白い機体を見たとき、もう大丈夫だと安堵した。

自分の命は救われたのだ……と。

感傷的な気分にひたっている藤川の視界に、にゅっと十歳くらいの男の子の小さな顔が飛び込んできた。その横から今度は同い年くらいの女の子も顔を出す。

藤川はわれに返り自分の役割を思い出すと、顔をしかめて「ううう」と声を上げた。

「痛いよ～、痛いよ～、誰か助けて～」

そのわざとらしい演技に、ヘタクソにもほどがあると、寸劇の背景にしていた青空の絵のスクリーンを支える緋山美帆子は顔をしかめた。

今日は子供たちにドクターヘリを体験してもらおうと近所の小学校の生徒たちを翔北病院に招いていた。ドクターヘリという名称こそ、それなりに認知されてはきたが、実際にどういう医療活動なのかは一般にはまだあまり知られていない。こういう地道な普及活動は重要なのだ。

「えーんえーん」と大根芝居を続ける藤川を、のぞき込んでいた女の子が笑った。

「ヘンな泣き方～」

「ほんとに痛かったらそんなふうに泣かないよ、先生」と隣にいたメガネの男の子が冷静にツッコむ。

ムッとした藤川は、急に苦悶の表情にゆがめると、体をピクピクと痙攣《けいれん》させながら目をひんむいて、「オウェェエ……ウグググッ……!!」とうめきはじめた。

その迫真の演技に、子供たちは恐怖と戸惑いから引き気味になる。緋山の反対側で背景の絵を支えていた冴島はるかも別の意味でドン引きする。

「なんで子供相手にムキになるかな……」

冴島のつぶやきが耳に届き、藤川はハッとした。後ずさりしている子供たちを見て、あわててバックボードから起き上がる。

「ごめん、ごめん。えーと、なんだっけ？」と自分の役割を思い出しながら続ける。

「そう、ヒロシくんは大きなケガをしてしまった。こういうときどうする？」

藤川の問いに座って見ていた男の子がサッと手を上げた。

「急いで病院に運ぶ！」

「惜しい！」

「あ！」とその後ろにいた女の子が気づいた。

「ヘリで運ぶんだ！」

「うん、そうだね。でもね、ここが大事なとこなんだけど――」

説明しようとする藤川の言葉を、ヤンチャそうな男の子がさえぎった。

「ねえ先生、早くヘリ乗せてよ」

「そうだよ、早く！」とほかの男の子たちからも一斉に声が上がる。

騒ぎだした男の子たちを黙らせるべく悪戦苦闘している藤川を見ながら、緋山はククと愉しそうに笑う。

「完全になめられてる」

その親しみやすい顔つきとおだやかな性格ゆえか、昔から藤川はやけに子供の患者になつかれるのだ。

そんな藤川に冴島はため息をつきつつも、どこか楽しそうにその様子を眺めている。

ようやく騒ぎが収まり、あらためて藤川が口を開いた。

「最後、大事なところだから聞いてね。あのね、ドクターヘリが救急車と違うのは、患者さんじゃなくてお医者さんを運んでいくことなんだ。お医者さんがケガした人のところまで行けば、病院に運ぶよりずっと早く治療を始められるだろ?」

「ふーん……」

「よくわかんない」

藤川の説明にも子供たちはピンとこない様子。

と、後ろから強い風にあおられ、背景のスクリーンが揺れる。

スクリーンを押さえながら、「寒い!」と緋山は身を震わせた。

「これ、外でやる意味ある?……こんなのフェローにやらせりゃいいじゃない。白石は何してんのよ?」

「フェローたちは災害医療の講習会。白石先生はその講師」

白石は研修医や医学生たちを相手にした講義で、私は小学生相手の三文芝居のスクリーン持ちですか……。

冴島の答えに緋山が口をへの字に曲げた瞬間、持っていた青空のスクリーンが強風にあおられて倒れた。そしてその向こうに、ヘリポートに止まっていたドクターヘリが姿を現す。

「あっ、ドクターヘリだー！」と、一斉にドクターヘリのほうへ駆け出す子供たちを藤川があわてて制止する。無邪気にはしゃぐ声が空いっぱいに広がった。


席が半分ほど埋まった階段教室で、白石恵が具体的な事例を挙げながら災害医療のノウハウを講義している。救命救急の研修医や病院職員、医学生らが対象だが、医療機器メーカーの担当者の姿もある。こういう場はいいプロモーションになるのだ。最前列には災害時に使える最新の検査用医療機器などが並べられている。

「多数傷病発生時は、医療指揮者の判断にしたがって組織的に治療に当たることが重要よ。医療指揮者は現場にいる医師、看護師、パラメディック※の数、いわゆるマンパワーね。それに医療資材、近隣病院の受け入れ可能な傷病者数を確認して――」

講師などは柄じゃないし、うまく話す自信もないと救命センター部長の橘《たちばな》啓輔《けいすけ》には

※ パラメディック
高度な救急処置技術を持つ救命士。

何度も訴えたのだが、お前はもうそういう立場にいるのだと押し切られた。

いやいや、これ絶対、部長に来た依頼でしょう。そう思うが口には出さない。橘はひとり息子の優輔《ゆうすけ》くんの心臓移植手術が成功したばかりだ。できるだけ負担を減らして、優輔くんと一緒に過ごす時間をつくってあげたい。

講師ということを意識せずに普段フェローたちに指導している感覚のまま話せばいいのだと言われたので、かしこまらずに話すことにした。幸い、見慣れた顔もあることだし……と白石は話しながら中段にいるフェローのふたりをチラと見る。

と、懸命にノートにペンを走らせていてた灰谷俊平《はいたにしゅんぺい》が手を挙げた。

「すいません。パラメディックとマンパワーのあと、もう一度お願いします！」

なぜ、ここで話の腰を折るかな？　私は今、講義をしているのであって、あなたの個人指導をしているわけじゃないのよ。

白石は心の中でため息をつきながら、冷たく言った。

「質疑応答はのちほど行います」

「……すみません」

シュンとなった灰谷に、隣に座った名取颯馬《なとりそうま》が手元のスマホに目を落としながら嫌みを言う。

「相変わらずズレてんな。力入れるところそこじゃねえだろ」

「……え……」

灰谷はズレていると指摘され、おろおろする。

……このふたり、私の邪魔をしにきてるの？

白石は少し苛立ちをにじませた口調で皆に言った。

「スマホ出してる人はしまってくださいね」

「すみません。録音してました。まあ、だいたいネットに書いてあることと一緒だし、もうやめますね」

今度は自分に向けられた名取の嫌みに、白石はあきれたように口を開く。

「あのね――」

そのとき、ガシャンという音が教室に響きわたった。何事かと音のするほうに目をやると、前の席にいた横峯《よこみね》あかりが部品がはずれた機材を手にあわてている。

「あ……っ！」

「……すみません……」

新しい検査機器が珍しくて、講義も聴かずにいじっていたのだろう。

子供か……!?

悪びれた様子もなく、苦笑いを浮かべて部品をくっつけようとしている横峯を見ながら、白石は、今度は大きなため息をついた。


パイロットの早川正豊《はやかわまさとよ》とともに子供たちをヘリに乗せ終えると、ようやく解放されたとばかりに藤川は疲れた表情で緋山のほうへと戻ってきた。

「うー、寒い。白石、自分がシフト決められるからって俺らに振るかね。で、あっちはあれだぜ。超カッコいい感じの」

「あっち?」とスクリーンを片づけながら緋山が聞き返す。

「脳外だよ。ライブデモンストレーション。トロント医大と巨大動脈瘤のクリッピング※1手術の生中継」

「ああ」


その頃、手術室では着々と手術の準備が進められていた。中継用のカメラのセッティングもあり、いつもよりも人の出入りが激しい。

「先生は？」と手術器具をそろえながら看護師が、アシスタントの若手医師に尋ねる。

「ＩＣＵ※2で脳室ドレーン※3のセッティングしてます」

「あと十分だぞ」と第一助手の医師が少し焦り気味に言う。

「シミュレーションは完璧だから大丈夫だそうです」

すべての準備が整い、若手医師がカメラのスイッチを入れた。

大会議室では脳外科部長の西条《さいじょう》章《あきら》がモニターに映ったトロント医大のマーティン教授となごやかに英語で談笑していた。

※1 クリッピング手術
脳にできた動脈瘤が破裂して出血するのを防ぐために、動脈瘤の根元を専用のクリップで挟み、動脈瘤への血流を遮断する手術。

※2 ＩＣＵ
Intensive Care Unit の略。集中治療室。高度な治療や容体管理を必要とする重症重体の患者を引き受ける。

※3 脳室ドレーン
脳外科の手術にあたり脳脊髄液や血液によって頭蓋内圧上昇が予想される場合、内圧のコントロールとモニタリングをするために脳室に挿入するカテーテル（細い管）のこと。

「執刀医があなたではないと聞いて驚きましたよ、西条先生」

「さいわい優秀な若手が育ってきてくれてまして」

「それはうらやましい」

マーティン教授の言葉を耳にしながら西条は腕時計に目を落とした。

「そろそろ時間かな？」

背後の席でざわついていた医師たちが、西条の声を合図に口を閉じる。モニター画面が切り替わり、手術室が映し出された。

ちょうど手術室に入ってきた執刀医に、モニター越しにマーティン教授が声をかける。

「あなたがドクター・アイザワの言っていた腕の立つ同僚ですね。彼も今日のオペをとても楽しみにしてましたよ。ドクター・シンカイ」

新海《しんかい》広紀《ひろき》はモニターに顔を向け、流暢な英語で答えた。

「彼もそちらの会場で見ているんですか？」

「いや、ここにはいませんね。見るつもりだとは言ってましたが……」

「新海先生、時間です」

声をかけられ、新海はスタッフたちに向き直る。

「では、巨大左中脳動脈瘤に対する血行再建を伴うクリッピング手術を行います」

「よろしくお願いします」

ピンと張りつめた空気のなか、新海は無影灯で照らしだされた白い肌に当てたメスをスッと引いた。


『アラート・レッド、アラート・レッド』

不意に館内放送からホットラインの声が教室に響きわたった。白石は講義をやめ、耳をそばだてる。灰谷、名取、横峯の顔つきも一変し、緊張が高まっていく。

『成田空港消防司令室よりドクターヘリ要請です。スカイベトナム531便が乱気流に巻き込まれ、機内で傷病者が多数発生。成田空港へ引き返し、現在着陸体勢に入っています』

横峯はすでにスマホでCS※の町田《まちだ》響子《きょうこ》に連絡を入れている。

※CS
コミュニケーション・スペシャリストの略。運航管理担当者。ドクターヘリの円滑な運航のため、消防機関などからの出動要請への対応、ヘリのスタッフへの出動指示、患者や天候に関する情報の収集・伝達、ランデブーポイントの設定、患者の搬送先の病院との調整など、さまざまな連絡を行う。

「ヘリ飛べますか？」

「成田空港方面、視界良好です。ヘリ飛べます」

スマホを耳に当てながら、横峯が白石に指でＯＫサインを出す。白石がうなずいたとき、部長の橘が教室に飛び込んできた。

「白石。行ってこい」

「わかりました。出動します」

白石が教壇から降り、灰谷、名取、横峯も続く。部下たちを見送ると、橘は教壇に立った。あ然としている聴講者たちに向かって、笑顔を向ける。

「消防の要請からまだ一分経っていません。このように――」

いい機会だとばかりに橘は、現在の災害医療におけるドクターヘリの役割について話しはじめた。


ホットラインが鳴ったのはちょうどヘリから子供たちを降ろしていたときだった。

一瞬にして緊張感に包まれるヘリポートで、子供たちは何事かと辺りをうかがっている。しばらくして冴島のトランシーバーから町田の声が聞こえてきた。

「ドクターヘリ、エンジンスタート。ドクターヘリ、エンジンスタート」

藤川が子供たちに向かって声を張り上げる。

「出動だ。危ないから下がって。ヘリから離れよう」

子供たちの目の色が変わった。

「先生、出動するの？」

「すげえ」

「頑張ってね」

尊敬のまなざしを向けられて、藤川は困惑した。今日はヘリの担当ではないので自分が乗ることはないのだ。

「ドクターヘリ、エンジンスタートだって。カッコいい！」

「お、おお。ありがとう。でも今日は……」

説明しようとする藤川の背後を白石と灰谷が駆け抜けていく。

「冴島さん」

行きがけに、白石が冴島に医療器具の詰まったヘリバッグを渡す。

「すみません」

受け取ると冴島はふたりのあとを追い、ヘリに飛び乗った。すぐに整備士の鳥居《とりい》誠《まこと》がスライドドアを閉める。

藤川を囲んでいた男の子のうちのひとりが不思議そうに尋ねた。

「先生、乗らないの？」

「え、ああ、今日はね」

「先生はヘリ乗れないんだー」と隣にいた女の子が同情するように言った。

「今日は当番じゃないだけだよ！」と藤川が言い返す。

「えー、ウソだ～」と子供たちは疑いのまなざしを向けてくる。

緋山はククク愉しそうな笑みを浮かべ、「先、戻っとくね」と初療室を目指して駆け出した。

「え、ちょっとお前……あ！　ダメだよ。危ないから離れて！」

ローターが巻き起こす強い風に「キャアキャア」とはしゃぐ子供たちを、藤川は懸命に病院のほうへと誘導する。

どうにか安全圏まで離れたとき、ドクターヘリが飛び立った。みるみるうちに空高く舞い上がり、冬空に吸い込まれるように小さくなっていくヘリを、子供たちは目を輝かせながら見送っている。

ヘリの機体が安定すると灰谷が無線のスイッチを入れた。

「何か新しい情報は入ってきてますか？」

現場の消防と通信する灰谷に白石が心配そうな視線を送る。それに気づいた灰谷が、大丈夫ですと目で応じる。

自分の無線ミスが引き金となってヘリ事故を起こしたことが原因でPTSD※となり、つい先日まで灰谷はフライトドクターとしての仕事ができなかった。いざ現場と無線でやりとりをしようと思っても、今度は致命的なミスをするかもしれないという恐怖に襲われ、体が動かず、言葉も発せなくなるのだ。そのため、自ら申し出てヘリ担当を外れ、ひたすら内勤をこなした。

仲間たちがヘリで救い出した命を必死につなぐ。スタッフリーダーの白石はそんな灰

※ PTSD
心的外傷後ストレス障害。なんらかの出来事や体験を通じて強い精神的障害を受けたことで、日常生活に支障をきたすような苦痛を覚えたり、同じような出来事や体験に恐怖を感じたりする。

谷を温かい目で見守った。不器用ながら同期のフェローたちも支えてくれた。自分のやるべきことを黙々とこなしていくうちに、灰谷の心の傷は徐々に癒えていった。

そして、ようやくヘリに乗れるようになったのだ。

『スカイベトナム531便は着陸完了しました。これから機内の傷病者を外に運び出します』

ヘッドセットから聞こえてくる消防の声に、灰谷は冷静に答えた。

「了解しました」

その姿に白石は安堵したような表情になる。

やがて眼下に成田空港が見えてきた。手前側の滑走路に止まった飛行機の周りに救急車や消防車など緊急車両が集まっている。

「翔北ドクターヘリ、ヘリパッドワンに着陸します」

早川は管制塔に連絡を入れ、ヘリの高度を下げていく。

「こちらです」

ヘリから降りた白石、灰谷、冴島は待機していた消防隊員に先導され、滑走路の脇を駆け、緊急着陸した531便のもとへと向かった。

　無傷の乗客は旅客ターミナルへの移動車に乗り込み、数十人いると思われる傷病者は機体近くに敷かれたブルーシートに横たわったり、座り込んだりしている。

　現場に着くなり、白石は灰谷と冴島に振り向いて、言った。

「先にトリアージ※お願い」

「はい」とふたりが同時に答え、散っていく。

　白石は現場を指揮している消防隊長に声をかけた。

「翔北救命センターの白石です。状況は？」

「乗員乗客二百十名。傷病者数不明。トリアージお願いします」

「わかりました」

　灰谷と冴島は手分けしてブルーシートの上にいる患者たちを診ていく。ほとんどが打撲や切り傷などの軽傷で、しかも患者たちの手の甲にはマジックで症状が殴り書きされていた。

※**トリアージ**
災害などで多数の負傷者が同時に発生した場合、負傷者の緊急度や重症度を判定し、治療や搬送の優先度を決めること。

「これ……誰かトリアージしてるんでしょうか？」

思わず灰谷が誰ともなしに疑問を投げかけたとき、奥のほうで救急隊員が診ていた客室乗務員が意識を失った。

「先生、意識レベル低下しました！」

救急隊員の声に、白石が駆けつける。すぐに冴島もやって来た。

「わかりますか？」

患者に声をかけながら白石が診察を始める。そして手の甲の文字に気づくと、つぶやいた。

「頭部外傷……」

白石は患者を仰向けにして瞳孔をチェックする。

「※対光反射が弱い」

呼吸を確認しながら冴島に尋ねる。

「うちの脳外科、今日なんか大きいオペが入ってるんだっけ？」

トリアージタグにペンを走らせつつ、冴島が答える。

「ライブデモンストレーションでトロント医大と中継だそうです」

「うちで診るのはむずかしいかもね。芝山《しばやま》総合病院の脳外科はどうかな」

「問い合わせてみます」

そのとき、患者を触診する白石の視界の端に映るものがあった。

「……ごめん。やっぱり待って」

「？」

白石が見ているのは機体のドアに連結された移動式のタラップだった。負傷した女性客を抱きかかえながらコート姿の男が降りてくる。

藍沢先生……？

なぜ？という思いで見つめていた白石のほうに男が顔を向けた。

一瞬、視線が交錯する。

藍沢は白石が治療をしているブルーシートが敷かれたトリアージエリアに患者を運ぶと、ゆっくりとそこに横たわらせた。

※ **対光反射**
光の強弱によって、瞳孔が大きくなったり小さくなったりする反射機能のこと。対光反射を見ることで、いち早く神経障害や脳の障害の有無を把握することができる。

「偶然?」と白石が藍沢に尋ねる。

「四十分前の便でトロントから戻ったところだ。空港クリニックが騒がしくなってて気づいた。この女性は二十代。胸部を強く打って呼吸状態が悪い。たぶん肺挫傷[※1]だろう」

「赤タグね。こっちの頭部外傷の患者、意識レベル[※2]100に落ちた。任せていい?」

「わかった。すぐにヘリ搬送だな」

藍沢は患者の瞳孔を確認しながら答える。

白石はうなずくと、患者の手の甲を指し示した。

「これ、藍沢先生?」

「ああ」

「戻ったばかりなのに、ごめん。助かる」

「何がだ。当然だろ」

らしいな、と微笑んで、白石は藍沢が運んできた肺挫傷の患者、富澤未知《とみざわみち》の診断を始める。意識はあるが呼吸は苦しそうだ。

「翔北救命センターの白石です。痛いのは胸だけですか?」

未知はうなずきながら、「息が……」と苦しそうにあえいだ。聴診しながら、白石は未知のこめかみに切り傷があるのに気づく。

「ごめんなさい。帽子とりますね」

ニット帽をとると、未知の頭には髪の毛がなかった。

何かの病気の治療中なのだろうか……。

一瞬、戸惑ったような白石の表情を見て未知は苦笑いを浮かべたが、次の瞬間、「ゴホッ」と口から血があふれ出た。

白石はあわてることなくタグに記入し、未知に酸素マスクをつけると、救急隊員のほうを振り向いて言った。

「気道損傷があるかも。この患者さんの搬送順位上げてください」

※1 肺挫傷
胸部が強い衝撃を受けたり、圧迫されたりしたために、肺に損傷が生じた状態。重症の場合、呼吸困難、意識障害、血圧低下などを引き起こす。

※2 意識レベル100
覚醒の程度によって意識障害を3群に分け、さらにそれぞれを3段階に区分して数字で表した評価基準。100は3群の「刺激しても覚醒しない」状態で、痛みに対して払いのけるなどの動作をするレベル。

藍沢はすでに頭部外傷患者のストレッチャーとともにヘリのほうへと歩き出していた。その背中を見送りつつ、白石は冷静に手を動かしつづける。


『こちら翔北ドクターヘリ』

初療室に備えつけられたスピーカーから聞こえてきた声に、緋山と藤川は思わず顔を見合わせた。

『三十代女性。頭部外傷で意識レベルが１００に落ちた。挿管[※1]と頭部ＣＴ[※2]の準備をお願いします』

緋山が確認するように藤川に尋ねる。

「……藍沢？」

「ああ。あいつ今日トロントから戻ってくるって」

「それで空港に居合わせたの？　藍沢が重症患者呼んでんじゃないの？」

緋山がふざけたことを真顔で言う。

受け入れ態勢が整うのとほぼ同時に、コートを脱ぎながら藍沢が初療室に入ってきた。ガウンを羽織るとすぐに治療にとりかかる。

「どうだった？　トロントの下見。住むとこ決まった？」

藤川の問いを無視して、藍沢は尋ねる。

「右上腕の変形もある。整復[※3]は必要か？」

「はいはい、それより仕事をしろってね」

相変わらずのそっけなさに苦笑しつつ、藤川は触診を始めた。

「これ、肘もやってそうだな。シーネ[※4]」

※1　挿管
口または鼻から咽頭を経由して「気管内チューブ」と呼ばれる管を気管に挿入し、気道を確保すること。

※2　CT
Computed Tomography の略。コンピュータ断層撮影。人体にさまざまな角度からX線を当て、水平方向に輪切りにした断面画像をコンピュータ上に展開する装置。

※3　整復
骨折やはずれた関節などを、元の正常な位置へ戻すこと。

※4　シーネ
患部や関節などを臨時に固定するための副木《そえき》。

「はい」と看護師の広田扶美《ひろたふみ》が藤川に患部固定用の器具を手渡す。

緋山は腹部をエコーでチェックしている名取に、「どう?」と尋ねる。

「FAST[※1]陰性です。心筋の動きも正常です」

「じゃ頭と腕だけね」

そこに看護師が入ってきて新たな患者の到来を告げた。ピストン輸送のヘリが成田空港から戻ってきたのだ。

看護師に続いてやって来た橘が手袋とガウンを身に着けながら、皆に尋ねる。

「胸部外傷の患者か。入れるやつ」

緋山は「頼んだ」と藍沢に処置を任せると、隣の初療台へと移動する。

「挿管とドレナージ[※2]の用意しといて」

「はい」と緋山に答えたのはもうひとりのフライトナース、雪村双葉《ゆきむらふたば》だ。すばやく機材を用意し、隣の初療台に運んでいく。すぐに搬入口から白石と冴島と灰谷の三人が未知の乗ったストレッチャーを押して入ってきた。

「富澤未知さん、二十五歳。血圧98-60、脈拍108、サチュレーション90[※3]」

「移します」

「一、二、三」

声を掛け合い、未知をストレッチャーから初療台に移す。

「肺挫傷で気道内出血してる」

白石の言葉にうなずいて、緋山が雪村に言う。

「血液吸引して」

「はい」と吸引チューブを手にした雪村に、「こっちはいいわ」と場所を移った冴島が、「向こう戻って」と吸引チューブを受け取りながら指示する。

※1 FAST
腹腔内、心臓周囲、胸腔内に出血があるかどうかを確認する超音波検査のこと。救命救急でよく使用される。「陰性」は出血がないことを示す。

※2 ドレナージ
体内に溜まった余分な液体を体外に排出すること。

※3 サチュレーション
動脈血酸素飽和度。血液中のヘモグロビンと酸素の結合の割合を示す値で、酸素が体に行き届いているかを見るための指標となる。96％以上で正常値。

「お願いします」

反対側の初療台では横峯がCV※1に四苦八苦していた。血管の位置が悪いのかカテーテルがうまく挿入できないのだ。

その様子を視界の端にとらえた藍沢がすかさず指示を出す。

「アプローチがむずかしいようなら対側《たいそく》に切り替えろ。手間どってる間に患者が死ぬぞ」

「え……あ、はい」と横峯はすぐに患者の右側へと移動する。

「灰谷、参加してるか？　ただいるだけなら邪魔だ」

藍沢の言葉に灰谷はハッとなる。あわてて心電図モニターを見て、言った。

「PVC※2が出てるので筋原酵素《きんげん》※3のチェックと心筋シンチ※4のオーダーします」

的確な判断だ。

藍沢がチラリと視線を送ると、灰谷はすでに作業に移っている。

ゆっくりではあるが、灰谷は着実に成長していることを藍沢は認めた。

次は自分の番だと、名取が先回りして藍沢に尋ねる。

「スライディングサインは陰性です。コンサバ※5でいいですか？」

「なんのアピールだ？　わかりきったこと聞くな」

痛烈な返しに、名取がしまったという表情をする。

隣から聞こえてくる藍沢の容赦ない指導に、白石は「はぁ」とため息をついた。

「またこれね」

※1 CV
ほかの血管に比べても血液の流れが多く速い中心静脈にカテーテル（細い管）を挿入し、直接薬剤や輸液などを注入すること。

※2 PVC
心室期外収縮。脈拍が一拍抜けたような打ち方をする不整脈。

※3 筋原酵素
災症などによって筋肉が壊されると、筋肉から血液中に出される酵素のこと。

※4 心筋シンチ
心筋シンチグラフィー。体内に放射性医薬品を投与して心臓の動きを計測し、シンチカメラという機材で画像を得ることで、心筋の血流や梗塞などを診断する検査。

※5 コンサバ
保存的療法。患部切除など外科的な治療は行わずに治療すること。

「もうあいつらも慣れたでしょ」

電気メスで患部を止血しながら緋山が言う。

「最近、厳しくされてないからちょうどいいんじゃないか」

楽しげな藤川に冴島が冷たく言い放った。

「厳しくされてないのはあなたでしょ？　余計なこと言わなくていいから」

言われて藤川は「……はい」と肩を落とす。

いっぽう、フェローたちは藍沢が加わった救命のヒリヒリした雰囲気になつかしさを覚えていた。

「戻ってきたね」

灰谷の口元にはうっすら笑みすら浮かんでいる。

「まあ、あと三週間の辛抱だよ」と名取は相変わらず素直じゃない。

「年明けには藍沢先生も緋山先生もいなくなっちゃうもんね」

横峯には少しホッとした気持ちもあった。子供の頃から褒められてスクスクと育ってきたので、藍沢や緋山のようなズバズバ、グサグサと心に突き刺さる言葉を伴う厳しい指導は苦手なのだ。

そこにガーゼを取りにいっていた雪村が戻ってきた。

「聞こえてますよ。たぶん」

フェローの三人はハッと藍沢を見る。ギロリとにらまれ、全員あわてた。

「さびしくなるなー」

棒読み口調でその場を取りつくろう横峯に、ありえないとばかりに藍沢は頭を振る。

「無駄話してる暇があったらCV終わらせろ」

「はい」

「でも、本当にさびしくなるね」

灰谷の言葉にうなずきたいが、名取はあえて黙っている。

「緋山先生、HCU[※1]での指示出し頼める？」

「OK。肺外水分量[※2]チェックしとく」

※1 HCU
High Care Unit の略。準集中治療室。ICUに準じる集中治療を行う。

※2 肺外水分量
肺血管外にある間質内、細胞内、肺胞、リンパにある水分のこと。

白石と緋山の会話に、「EV1000※1用意します」と冴島がすばやく反応する。

「藍沢、瞳孔不同※2進行してるぞ。どうする」

「穿頭《せんとう》※3してオペ室に運ぶ」

絶妙な連携で治療を続ける五人を見ながら、自分たちも早くあのステージにのぼらなきゃと名取は思いを新たにする。

※1 **EV1000**
センサーつきのフィンガーカフを指に巻くだけで、手術中に患者の全身を循環する血液量などが測定できる医療機器。

※2 **瞳孔不同**
左右で瞳孔の大きさが異なる状態（差が0・5ミリ以上）のこと。

※3 **穿頭**
頭の骨に小さな穴を開けて手術を行うこと。

2

朝の澄んだ空気にただようおみそ汁の香り。

わかりやすい幸せの絵図に、なんだかハマってしまいそうだ。

緋山は無意識のうちに鼻歌を口ずさみながら、甘い生活を妄想しはじめる。

今の仕事は好きだし、没頭していたいと思う半面、疲れて帰ったときに息をつける場所があったらどんなにか幸せだろうと思う。

もしかしたら、それが手に入るかもしれない……。

ふと、顔にあたる湯気に緋山はわれに返った。

見ると、鍋がグツグツと煮立っている。

しまった！

緋山はあわてて火を止め、小口に切った長ねぎを入れた。

手にした椀に口をつけた瞬間、緒方博嗣《おがたひろつぐ》は眉間にしわを寄せた。

「これ、沸騰させた?」

「え?」と緋山は箸を止める。

「みその風味が飛んじゃってる」

「ごめん。ちょっと考えごとしてて」

「その、ちょっとで全然おいしさが変わってくるんだよなぁ」

鍋を見るくらい、なんでできないかな。

チクッとした口調に紛れた小言が耳に届き、緋山はカチンときてしまう。

せっかく一生懸命作ったのに、それはないだろう。

緒方は渓流釣りで転落し、頸髄損傷を負ったために右手を使えなくなったが、その前は腕のいい料理人だった。だから不満が出るのは仕方がない。でも、私は今まで料理なんかしないで生きてきたのだ。

煮干しのワタを取り除くことも知らないし、みそ汁だってグツグツ煮てきた。それをいちいち残念そうに指摘されると、本当に腹が立つ。

たしかに緒方の言うように、ほんの少しの手間や気づかいで料理のおいしさが違ってくるというのは理解できるのだが、私にとってそれはさほど重要なことではない。

緒方のアドバイスを聞きながら、一緒に料理をすることが大事なのだ。だから、ついついおろそかになってしまうことが多く、それが緒方には我慢ならないのだろう。最近はやけに細かいことをうるさく言われる。

リハビリで思うように手が動かないのとキッチンに立って手が動かないのとでは苛立ちの度合いが違うのかもしれないが、それをぶつけられてはたまったもんじゃない。

「……文句があるなら自分で作れば?」

色を失った緒方を見て、口をついて出た言葉の辛《しん》らつさに気づき、緋山は青くなった。

「あ……」


患者を治療しているときは無我夢中だが、書類仕事となるといらぬ思いが頭をよぎる。キーボードに添えた手が長いこと止まり、スクリーンセーバーが起動しはじめる。パソコンのモニターに映る自分の顔を見ながら、緋山は重く憂鬱な息を吐いた。

そんな緋山に白石がチラと目をやる。

「……どした?」

「朝ちょっとね」

「緒方さんのこと？　なんかあったの？」

「うん。最近、リハビリ兼ねて彼と料理するんだけどさ、まあ面倒くさいのよ」

「緋山先生が料理できなくて落ち込むとか意外。やっぱり一緒に住むの？」

「どっちも不正解。私は料理ができないからって落ち込まないし、彼と一緒には住まない。あ、来週あんたのとこ出てくから」

火事で焼け出された緋山が白石の部屋に転がり込んではや半年。ずぼらな性格をいかんなく発揮し、脱ぎ散らかし食べ散らかし、きちんと整理整頓された白石の部屋を瞬《また》く間に混沌の世界へと変えた緋山。だらしなさは相変わらずで、ソファや床に服が散乱した部屋での同居生活が続いていたが、白石はもはやその空間に慣らされてしまったようだ。ずっといてもらってもかまわないとすら思いはじめていたのだが、緋山が周産期医療センターへの復帰を決め、そういうわけにいかなくなった。

「決めた？　部屋」

「周産期医療センターから徒歩三分よ。最っ高。あー、やっとひとりになれる」

「そっちが居候だったくせに」

「あんたがいてくれって言ったんでしょ？」

「そうだっけ？」と白石はしらを切る。

以前、緋山が致死率の高い感染症に二次感染したかもしれないという事件があった。そんな非常事態のなか、彼女を失いたくないとつい口走ってしまったのだが、事あるごとにそれを持ち出してくる。

「もうちょっと違う言い方をすればよかった……」と思ったこともあったが、最近はすっかり慣れたものだ。

「で、なんで落ち込んでるの？」

気を取り直し、白石は話を戻した。

緋山はふたたび今朝の出来事を思い出して暗い顔になる。

「言っちゃったんだよね。文句があるなら自分で作ればって。作れないのわかってて。ひどいよね」

「……」

「最低でしょ」

なんと言ってあげればいいのかわからず、白石は戸惑う。

自分にとって大切な人だから、つい思いをぶつけてしまう。深い人間関係だからこそ生まれてしまう感情がある。

わかってはいるが、それで対立したり、すれ違ったり……。

本当、人間は厄介だ。

緋山は吹っ切るように勢いをつけて立ち上がり、「ラウンド行ってくるわ」とスタッフステーションを出ていった。


パソコンのモニターに映し出された映像が早送りで流れていく。巨大な真珠の粒のような動脈瘤が見事な手技でクリッピングされていく。相変わらず無駄のない、美しさすら感じさせる新海の手術だ。

映像に見入る藍沢に、コーヒーを手にカンファレンスルームに入ってきた新海が背後から声をかけた。藍沢の前にコーヒーが入った紙コップを置く。

「空港で大活躍だったそうじゃないか」

モニターに顔を向けたまま藍沢が答える。

「おかげでお前の手術が見られなかった」

「手術の見学なんかより面白そうだったんだろ。で、こっちは早送りで見るのか」

「M2の処理とクリッピング時の血管形成だけ見れば十分だ。ほかは完璧だろ?」

新海は「まあな」と笑った。

「マーティン教授にも絶賛されたよ。今からでも俺のほうをレジデントにって言い出すかもしれないぞ」

藍沢も新海に笑みを返す。トロント医大へ派遣されるレジデント候補者として最後まで競い合った新海は、藍沢の良きライバルだ。

かつて、若き天才ピアニスト、天野奏《あまのかなで》の脳腫瘍手術で手に麻痺を残してしまったことで、一時はかなり落ち込んでいたが、新海はすっかり元の自信家に戻ったようだ。

「もう少し向こうで準備を進めるんじゃなかったのか? 予定より早い帰国だな」

「お前の手術を見に戻った、と言いたいところだが、部屋を引き払ったりいろいろだ」

「そうか。トロントに発つ日が決まったら教えろよ」

そう言うと、新海は隣に座り、コーヒーを口に運んだ。

手にした二枚の写真を見比べながら、藤川はにへらにへらと相好を崩した。写っているのはウエディングドレス姿の冴島だ。シンプルな長袖のAラインと両肩を出したビスチェタイプのスレンダーライン。どちらも似合いすぎていて、甲乙つけがたい。

それにしても、ついにはるかと結婚式か……。

出会って十年。ひと目惚れして十年。

雨にも負けず、風にも負けず、見守り続け、待ち続け……やっとのことで彼女の心の扉を開いてからも、まぁいろいろなことがありましたよ。

紆余曲折の日々を思い返すと自然と目頭が熱くなってくる。

あのツン9デレ1、仕事の鬼のフライトナース相手に、よく頑張った、俺。

藤川はひとしきり感慨にふけったあと、写真をポケットにしまい、HCUへ入っていく。

中を見渡すと、冴島は奥のベッドで先ほど運び込まれた患者、富澤未知の点滴バッグを交換している。未知はどうやら眠っているようだ。

藤川は冴島に近づくと、声を押し殺すように言った。

※ **M2**
Mは脳の血管「中大脳動脈」のことで、放射線学的にM1（horizontal）、M2（insular）、M3（cortial）という3つの区域に分類されている。

「もう式は来週だよ？」

藤川が何を言いたいのかがわかり、冴島は顔をしかめる。

「ここにそんなもの持ってこないで。べつに私はやらなくていいって言ってるでしょ」

「でも、今日中に決めてくれって業者から電話が……」

藤川は周りのスタッフにバレないように体で隠しながら二枚の写真を冴島に見せ、しつこく「どっち？」と尋ねる。

「だから――」

「藤川先生」

突然、声をかけられて藤川はビクッとなる。あわてて写真をポケットに突っ込む。入ってきたのは白石だった。

「武藤《むとう》さん、そろそろ一般病棟移せそう？」

「え？　ああ、そうだな。手続きしとく。よくなってよかった。ハハハ」

そう答えると、藤川は逃げるようにＨＣＵを出ていった。

「……？」

藤川の怪しい動きを特に気にも留めず、白石は未知の顔をのぞき込みながら冴島に尋ねた。

「富澤さん、どう?」

「安定してます」

「起きたら病状説明するから呼んでね」

白石が行こうとしたとき、未知がぱっちりと目を開いた。

「起きてます」

「ああ……」

「医者と看護師がイチャついてるから寝てるフリするしかなくて」

「え」と思わず白石が冴島を振り返る。

「……すみません」と冴島は身を縮めた。同時に、あいつ……と冴島の目に怒りの火がともる。

「ケガは肋骨骨折と肺挫傷でした」

すかさず白石が病状を説明して話題をそらす。

「ああ、はい」

「肋骨は治るのに八週から十週くらいかかると思います」

未知がうなずいたとき、灰谷が切迫した様子で入ってきて、小声で白石に話しかけた。

「白石先生、富澤さんのCT、もう一度見てもらえますか」

「どうしたの？」と白石は灰谷が手にしたタブレットをのぞき込む。

「！……」

胃のあちらこちらに白い影が見える。

腫瘍だ。しかもかなり進行している……。驚く白石を見ながら、未知がにやっとした。

「結構写ってるでしょ」

あっけらかんと言われ、灰谷は戸惑う。

「スキルス性胃がん[※1]。ステージⅣ。切除不能でイリノテカン[※2]とドセタキセル[※2]を試したけど効果なし。おまけに飛行機は乱気流で引き返した。私は人生最後の旅行も行かせてもらえないらしいわ」

「……今、どちらの病院に？」

白石の問いに未知はフッと笑った。

「急性期の病院だもんね。安心して。長期入院で診療報酬がカットになる前に私は死ぬから」

達観というよりも自暴自棄という感じの未知の態度に、白石たちは返す言葉が見つからない。

黙り込んでしまった三人に、「ごめんなさい。困らせた?」と未知は面白そうに言う。

「いえ」と白石が静かに返す。

「とりあえず鎮静剤とバストバンド[※3]で骨折の様子を見ます」

「ありがとう」

NICU[※4]に並んだ保育器の列、一番手前の保育器の上で生後六か月ほどの乳児が眠っ

※1 スキルス性胃がん。ステージⅣ
胃の粘膜の下に広がるがん。ふつうの胃がんと比べてがんの増殖湿潤が早い。初期症状がほとんどないため、発見が遅れるケースも少なくない。ステージⅣは末期。

※2 イリノテカン、ドセタキセル
抗がん剤の種類。

※3 バストバンド
肋骨骨折後、変形の予防や痛みを軽減するために胸部に巻きつけて固定する帯。

※4 NICU
Neonatal Insensive Care Unit の略。新生児集中治療室。

ている。数日前に事故で運ばれてきたのだ。緋山と名取が担当し、なんとか一命はとり留めた。

モニターの数値を確認すると、順調な回復具合に名取はよしとうなずく。

「休憩時間も心機能のチェック?」

NICUに入ってきた緋山が名取の横に立つ。

「偉いでしょう? 俺も熱血医師の仲間入りですよ」

「どうだか。ああ、あと朝のカンファレンスで言ってた吉田《よしだ》さんのことだけど」

「ああ、あれはもういいです。さっき白石先生に教えてもらいました」

「……あ、そう」

緋山は拍子抜けしたようになる。

どうも最近、名取にかわされることが多い。周産期医療センターに移るまでは徹底的に指導してやろうと思ってたのに……。

名取はにやにやしながら緋山に尋ねた。

「ケンカしたんですか?」

「?」

「緒方さん」

愉快そうに言う名取に、緋山はムッとする。

「なに、聞いてたの。あんたには関係ないわよ」

名取は冷やかすように続ける。

「来月から周産期医療センターで医局長でしょう？　大丈夫かなぁ。仕事も彼氏もって抱え込んでボロボロになっちゃうキャリア女子の典型にならないでくださいよ」

「あのね。私は基本、自分を最優先に考えてるから。仕事に響くようなら、彼氏なんか障がい者だろうがなんだろうがスパッと切るから。ご心配なく」

相変わらず自分のことがわかってないなぁ。

あなたくらい情に厚い人はいないっていうのに。

まぁ、そこが緋山先生のかわいいところではあるんだけど……。

名取はそんなことを思いつつ、もちろん口にはしない。

「ならいいですけど」とだけ言うと、名取は先にＮＩＣＵを出ていった。

名取の背中を見送りながら、緋山は複雑な気持ちになった。

緋山が医局に戻ると、藤川がウエディングドレスのカタログや申込書を前に頭を抱えていた。必要以上に大きな声で、「あー!」と叫んで、身悶える。

面倒くさいオーラを発しまくる藤川の相手はしたくないが、さすがに気になり、緋山はソッと白石に尋ねた。

「……なに?」

「まだ冴島さんにドレス決めてもらえないんだって。式、来週なのに」と白石は藤川に同情したような視線を送る。

彼女に振り回される藤川の姿に、緋山は「仕事も彼氏もって抱え込んでボロボロになっちゃうキャリア女子…」という名取の言葉を思い出してしまう。

「いっそのことやめちゃえば? 結婚式なんか」

ついとがった口調で藤川に言った。

「は?」と藤川はあきれたように緋山を見つめた。

「お前ら仕事以外に興味ないのか。病院大好き、重症患者大好きもたいがいにしろ。式場ここから車で十分のとこにしたから絶っ対に――」

話の腰を折るように、自席にいた藍沢が立ち上がり、医局を出ていく。

「って、藍沢、お前もだぞ！」

藍沢に続いて白石も席を立つ。

診療棟へ向かう白石を、「白石、白石！」と藤川が追いかけてきた。

「……？」

白石は足を止めて振り返る。

「例のあれ、進んでる？」

なんのことかな？

白石はしばし考え、ハッとなった。

「本気だったの？」

「本気本気。当たり前だろ」

「ええー」と白石は大きな声を上げ、露骨にイヤな顔をしてみせる。

「頼むよ。救命がピンチのときも一緒に乗り越えてきた仲間だろ？」

それはそうだけど……。

藤川は雨に濡れた子犬のような目で白石を見つめる。

こ、断れない……。白石は渋々うなずいた。

「……わかった」

「ぜったいにイヤ!!」

緋山の悲鳴がマンションのリビングに響きわたる。

白石が向けるビデオカメラから緋山は顔をそむけると、レンズを手でふさいだ。

「お願い！　藤川先生が結婚式で冴島さんをびっくりさせたいらしいの」

「カンベンしてよ。ビデオメッセージなんかサムすぎだよ」

緋山は白石に背中を向け、段ボール箱に自分の荷物を投げ入れはじめた。

「きれいだと思うなー、冴島さんのウエディングドレス。みんなで盛り上げてあげようよ」

「って、冴島はやりたがってないんでしょ。私、寄せ書きとかみんなで記念品とか、そういうの大っ嫌いなの。偽善のカタマリ。お世辞の結晶」

「そこまで言わなくても……」

「歯の浮く挨拶されて、ついでに親に恥ずかしい生い立ちとか暴露される会の何が楽しいの？」

「う、うん……」

緋山のいびつな結婚式観に、これはダメだと、白石は思わず天を仰いだ。

「お祝いなら個人的にするから。心の込もったやつを」

ごめん、藤川先生。

玉砕したよ。

白石は心の中で詫びると、大きく息をついた。

3

「やめて！」と未知に手を振り払われ、冴島はハッとする。

「トイレぐらい自分で行く」

「……はい」

看護師になっていつも思うのは患者との距離感のむずかしさだ。自分では善かれと思っての言動が、患者のデリケートな部分に触れてしまう。病やケガでもろくなっている心は、時に攻撃的な表れ方をする。そして、それをぶつけられるのはたいていの場合、医師ではなく看護師だ。

だからこそ、患者とうまくコミュニケーションをとり、信頼関係を築き上げ、少しでも心の負担を減らしてあげたい。

自分の意思で医療行為はできなくても、そうやって患者の役に立つことができる。

それは医師のアシストよりも大事な、看護師としての仕事かもしれない。

そう心がけてはいるのだが、いつまでたっても納得のいく答えが見つからない。

冴島が沈んだような表情を浮かべたのに気づき、未知は口を開いた。

「半年前、突然走れなくなった。三か月前、大好きだったお肉も胃が受けつけなくなった。二週間前、何かにつかまらないと立ち上がれなくなった」

未知の顔に悔しさがにじむ。

なぜ、自分なのだろう……。

答えのない問いに、怒り、泣き叫んだ日々はすでに過ぎ去ったが、それでもすべてを受け入れたわけではない。

「でも……」と未知は冴島を強く見つめた。

「まだ歩ける。トイレに行ける。トイレに座って思うの。ああ、私、まだ生きてるって。だから、これ以上できることを奪わないで」

「……すみません」

重くなってしまったその場の空気に、未知も言いすぎたかと後悔した。

その空気を断ち切るように、ボソッとつぶやく。

「……ビスチェタイプが似合うと思う」

「？」

「ウエディングドレス。あなた背が高いし、細くてきれいな首だから」

照れたように目を伏せる未知を見て、冴島の心は少し軽くなった。

その頃、相談室には未知の両親が訪れていた。白石から娘の病状の説明を聞き、父親がつぶやく。

「骨折で八週間か……」

言葉が重さをもったようにコトンと落ちる。

「ケガが治るまではもちろんですが……そのときは……すみませんが……」

それ以上続けられなかった。

白石は小さくうなずいて、言った。

「ご連絡するのはご両親だけでよろしいですか？」

「ああ……はい」

隣に座っていた母親が夫に顔を向けた。

「彰生《あきお》くんは？　やっぱり知らせたほうが……」

「……？」

「結婚するはずだったんです」と母親が白石に説明する。「ブライダルチェック？　あれの検診でがんが見つかって……」

「そうだったんですか」

父親が、「今さらやめとこう」と首を振った。

「私たちだけで結構です」

ブライダルチェックでがんが見つかった。早期だったら不幸中の幸いだったと前向きにとらえることもできるだろうが、スキルス性は進行が早い。

今に至るまで未知とそのご両親がどんなに悩み苦しんだかは想像できないが、どうにかして心の整理をつけようとしていることは痛いほどわかる。

医師としては、彼女たちに寄り添い、全力で治療に当たるしかないのだ。

白石は気持ちを切り替え、事務手続きなどの説明を始めた。


勤務を終えて病院を出た雪村を、横峯がビデオカメラをかまえながら追いかけてきた。

「ねえ、こっちは当直明けなの。早く帰りたいんだけど」

たまらず不機嫌な表情で雪村が振り向く。

「白石先生に頼まれちゃったんだってば。冴島さんにはお世話になってるでしょう？」

だったら、もっとちゃんとしたときに撮るくらいの配慮が欲しい。よりによってなんで疲れきったこの顔でお祝いメッセージを言わなきゃいけないんだ。

雪村が断ろうとしたとき、駐車場にものすごい勢いで軽乗用車が飛び込んできた。そのまま速度をゆるめず、正面玄関へと向かってくる。

危ない！

身を縮めたふたりの目の前を通りすぎ、タイヤをきしませるほどの急ブレーキをかけながら止まった。すぐに運転席のドアが開き、三十歳前後の女性が出てきた。

「お母さん、降りて」

言いながら車の前を回り、助手席へと向かう。

その顔を見るや、雪村は凍りつく。

「患者さんかな？……」

横峯が女性のほうへと近づいていく。

女性は助手席のドアを開け、頭にタオルを巻いた五十代くらいの女性を車から抱え出そうとする。タオルが赤く染まっているのを見て、横峯は駆け出した。

「どうされました？」

「あの、母が……」

「いいわよ～。大丈夫だって。大したことないから」とタオルを巻いた中年女性が娘に言い、申し訳なさそうな顔を横峯に向ける。

「医師の横峯です。診させてもらっていいですか？」

「あの、そっと……そっと開けてください」

心配する娘にうなずき、横峯はゆっくりとタオルを外していく。その形からある程度予想はついていたが、頭に刺さっていたのは思った以上に大きな包丁だった。

「!!」

遠巻きに見ていた雪村が目を見開く。

「動かないで。雪村さん、車イスお願い！」

雪村が病院に戻ろうと踵《きびす》を返したとき、母親が声を上げた。

「双葉ちゃん!?」

え……と横峯は雪村のほうを見た。雪村は振り返ったが、そのまま固まっている。

「あ……」

「……知り合い？」

雪村は表情をこわばらせたまま、横峯に答えた。

「母と……姉」


ケラケラと明るい声が初療室に響いている。声の主は雪村の母、沙代《さよ》だ。

頭に包丁を刺したまま初療台の上で笑う女……ホラーコメディのような光景を目の当たりにして、緋山はあきれる。

「意識あるわけ？　どうなってんの？」

「キッチンで転んだそうです」と弾性包帯を頭に巻きながら横峯が答える。「そのときに手に持ってた包丁が刺さったって」

「やだもう、なにこれ、面白い」

何が面白いのかわからないが、沙代の笑いは止まらない。包丁の刺さった自分の姿を見れば一気に笑いも引くだろうが、自分で自分の頭を見ることはできない。

「藍沢まだ？　大至急呼んできて」※とラインをとりながら緋山が看護師に指示する。

「はい」と看護師が初療室を飛び出した。開いた自動ドアの向こうに雪村と姉の若葉《わかば》の姿が見える。

「なんですぐに救急車呼ばなかったの？」

雪村は強い口調で若葉に尋ねた。

若葉は乾いた笑いを浮かべた。

「普通なら驚いて救急車呼ぶわよね」

どういうこと……？　雪村は姉の様子をうかがいながら次の言葉を待つ。

「お正月は初詣の神社で階段のてっぺんから落ちた。夏は四車線道路の真ん中で寝てて通報された。あんなの珍しいことじゃない。あんたはもう忘れた？　アルコール依存症の母を持つ娘の生活」

雪村の脳裏に、酔った母のみっともない姿がいくつもいくつもよみがえる。酔っぱらい相手の仕事で心をすり減らさないために、自ら酔っぱらってしまうことを選択した母。定職につかずフラフラしていた父は、母のアルコール依存症がひどくなるとまったく家に寄りつかなくなった。

※ラインをとる
血管から点滴や輸血のための道を確保すること。

見かねた姉や自分が酒を控えてくれと頼んでも、誰のために働いていると思ってるんだとキレられてしまう。母のおかげで姉との仲もギクシャクし、家にいるのは苦痛でしかなかった。

そんな環境から逃げ出すために、自分は看護師になったのだ。

「……今日ここに来たのって」

「あなたが勤めてる病院だから」

間髪入れずに若葉は答えた。

「私だってひとりになりたい。じゃあ、あとお願いね」

そう言うと、若葉は背を向けて歩き去った。初療室からは酔っぱらった沙代の笑い声が聞こえてくる。

身勝手な母や姉への怒りは、身勝手な自分へとはね返ってくる。どう表現していいかわからない複雑な感情に、雪村の心は激しく波立つ。

初療室に戻らなきゃと思うのだが、足が動かなかった。

タブレットに映った沙代の患部写真を見ながら、藍沢が初療室に入ってきた。

「レントゲンだけじゃわからないな。CT急ごう」

指示を出し、沙代の側頭動脈を触診する。

沙代は自分の額に手をかざし、「見て、動くよ」と頭皮を動かしはじめる。

「ハンドパワーなんつって」

「ダメですよ」と横峯が注意しても言うことを聞きやしない。

「みんな、ハンドパワー知ってる？　ほら、ほら。古いか」となおも目を見開き、頭皮を動かしつづける。

「だから、動かさないでください」

「完全に酔っぱらってるわね」

緋山は困惑して、皆を見回す。

「鎮静しよう」

横峯が頭を押さえつけ、ふたりの看護師が両側から体を押さえようとしたとき、いきなり沙代の手が動いた。

「こんなの抜いちゃえばいいのよ」

「あ」

沙代が包丁を引き抜いた瞬間、傷口から大量の血が噴き出した。顔にかかった真っ赤な血に気づく間もなく、沙代は意識を失った。

「まずい」とさすがの藍沢もあわてる。「ルートもう一本とって急速輸液。それに輸血の準備もしてくれ」

出血ポイントをふさぎながら皆に指示する。

騒然とする初療室に、何ごとかと雪村が入ってきた。

お母さん……！

顔中を血に染めた沙代を見て、雪村は言葉を失った。

4

アルコール依存症の既往。脳に異常なし。ICUにて経過観察――。

横峯が沙代のカルテに記録していると雪村がスタッフステーションに戻ってきた。パソコンのモニターから視線を移して「よかったね、お母さん」と声をかける。

「刃先が奇跡的に側頭葉と前頭葉の間に入って、脳を傷つけなかったって。強運の持ち主だって藍沢先生が驚いてた」

雪村が何も言わずに通りすぎようとしたとき、HCUから大きな金属音がした。直後にスタッフたちの悲鳴が上がる。

「帰って。お願いだから」

未知はかたわらに立つ元婚約者、岩田《いわた》彰生に震える声で言った。彰生の腕から床に血がポタリと落ちている。未知が投げつけた医療用ピンセットで切ったようだ。

彰生は動じず、真っすぐに未知を見つめた。

「……後悔してるんだ」

「……」

「最後まで君のそばにいたい」

彰生の腕からしたたり落ちる血に動揺しつつも、未知は強がる自分を抑えられない。

「最後まで？　そうね。もうあと数週間だもんね。なんだって言えるわよね」

不意に折れた肋骨が激しく痛みだし、未知は身をかがめた。無理な動作で衝撃を与えたようだ。そこにようやく白石と緋山が駆けつけてきた。

未知を緋山に任せ、白石は彰生を処置室へと連れていった。

腕の傷を縫う白石に彰生が尋ねた。

「未知、大丈夫ですか？」

「先ほどの傷は心配いりません」

「傷は、か……」と彰生はうなだれた。

針と糸でふさがれていく自分の傷を見ながら、未知の病状を思う。

「本当に、あと数週間なんですか……」

「……数週間とは言いきれません。統計を越えて生きる方もいます。でも……」と白石は言葉に躊躇《ちゅうちょ》した。

ＣＴの画像を見るかぎり、未知の体が深刻な状態にあるのはたしかだ。

「明日、何かあってもおかしくありません」

「……」

末期がんと診断されて以来、未知は自分から離れていった。一方的に別れを告げられ、実家に引きこもってしまった。

何度も会いにいったが、会ってはもらえなかった。

ご両親には、未知と別れてやってくれと頭を下げられた。

娘が考えに考え抜いて出した結論だから、お願いします……と。

心の整理などつかないまま、押し切られるように承諾してしまった。

バカだった。

未知は俺のために別れを決めた。

あと少しで死んでしまうかもしれないというのに、自分の思いよりも俺の未来を優先させたのだ。

未来なんてどうでもいい。

今が……未知とともに生きる今が、俺にとっては何より大切なんだ。

その思いを必ず未知に伝える。

届けてみせる。

もう何があっても彼女と離れたりはしない。


「すみませんでした」

肋骨の手当てをしている緋山に、未知は素直にあやまった。

「いえ。面会、控えていただくように伝えましょうか？」

緋山の言葉に未知は戸惑いの表情を浮かべた。

そんな未知に、緋山と冴島は顔を見合わせる。

「ほんとは、来てくれてすごくうれしかった」

ポロッと未知の口から本音がこぼれた。

「それなら……」

言いかけた緋山に、未知は首を振った。

「ダメよ」

「どうしてですか？」

「彼、やっぱり結婚しようって言ったの」

その言葉を聞いたとき、未知は心の底から喜びと幸せを感じたことだろう。

だからこそ、その申し出を受け入れるわけにはいかなかった。

必要以上に怒ってみせ、彼を傷つけることまでしてみせた――。

緋山はかつての緒方を思い出す。

障がい者の自分と一緒になることは君の夢を奪うことになると、一度は別れを切り出された。君が大丈夫だとしても自分が耐えられないのだ、と。

障がい者の恋人がいるくらいで夢を失ったりはしない。私をなめるなとタンカを切ったら彼は降参してくれた。

いろいろと問題はあるけれど、今も仲よくやっている。

ただ、自分が死んでしまうとしたら、どうだろう……。

緋山はチラと冴島をうかがう。

冴島はふたりの会話に口を挟むこともなく、黙々と自分の作業を続けている。

日が変わり、沙代の容体もようやく安定してきた。もう大丈夫だろうと横峯が人工呼吸器を外す。その途端、沙代がガバッとベッドから起き上がった。

「雪村さん、まだ動いちゃダメです」と横峯が落ち着かせようとするが、沙代はまるで言うことを聞かない。

「大丈夫って言ってるでしょ。帰らせてよ！」

大きな声が静かなＩＣＵの空気をかき乱す。

藍沢が足早に沙代のベッドにやって来た。

「肝機能が落ちてて鎮静剤は使いたくない。抑制しよう」

「……はい」

患者を拘束するのはあまりいい気分ではないが仕方ない。横峯は抑制帯を取り出し、沙代をベッドにくくりつけはじめた。

ほかの患者のベッド脇にいた雪村はこの騒動を一瞥《いちべつ》し、ＩＣＵを出ていこうとする。

その背中に沙代が声をかけた。

「また逃げるの？」

振り返ると、母が憎々しそうに自分を見ていた。

昨日とはまるで表情が違う。

酒が抜けて、本心が顔に透けている。

「カッコいいねえ。フライトナースっていうんだって？　家出て正解よ。双葉ちゃん」

「……お母さん……」

なんで普通に喜んでくれないのだろう。

なんで普通に誇りに思ってくれないのだろう。

視界の先にいる母の姿が涙でぼやける。

娘の頑張っている姿に皮肉めいたことしか言えない母親に、雪村はもう何度目かわからない絶望を感じてしまう。

「でも覚えといて。親は一生、親なの。どっちかが死ぬまで、あなたと私は絶対に切れないんだからね！」

投げつけられた言葉に、雪村はたまらずＩＣＵを飛び出した。


ナースステーションで看護記録をつけていても母のことが頭を離れず、タイプミスばかりしてしまう。苛立ちながら雪村がキーボードを強く叩いていると横峯が顔を出した。

沙代が落ち着きを取り戻したと告げたあと、横峯は言った。

「相談室で待ってる」

看護記録を書き終え、重い腰を上げる。

雪村が相談室に入ると、藍沢と横峯が待っていた。

藍沢は正面に座った雪村に、タブレットのカルテに視線を落として言った。

「アルコール性肝硬変による食道瘤もある。これまで通院していた病院に戻るか、うちの病院で硬化療法※するか家族で相談して決めてくれ」

しかし雪村は答えない。

「雪村さん？」

横峯にうながされ、雪村はようやく口を開いた。

「姉に聞いてください」

藍沢と横峯がじっと雪村を見つめる。ふたりの視線に耐えきれず、雪村がつけ足す。

「母とは関係ないところで生きるって決めたんです」

「それも一つの生き方だ」と藍沢がうなずく。「罪悪感を感じる必要はない」

※ **硬化療法**
血管内に特殊な薬剤（硬化剤）を入れることで、病的な血管を消す療法。

図星を突かれて、雪村はつい感情的になってしまう。

「藍沢先生みたいに医学部出て医者になれるような家庭に生まれた人には絶対わかりません。私がどんな気持ちであの家を出て、看護師になったか」

藍沢は黙って雪村を見つめる。その視線から逃げるように雪村は席を立った。

「失礼します」

相談室を出ると、すぐに横峯が追いかけてきた。

「なに?」と雪村が立ち止まる。

「でも……。治療をどうするかだけでもちゃんと話し合ったほうがいいと思う。アルコール依存症って十年以内に三割の人が亡くなってるっていう報告もある。軽く考えるのは危ない――」

「軽く?」と皮肉交じりの笑みで雪村は横峯の言葉をさえぎった。

「……?」

「教えてあげようか。うちの一番いい思い出はね、家族みんなで食べたハムエッグ。家族四人で卵二つ。ハムはたしか一枚だけ。料理をしない母に代わって姉が作ってくれた。一番いい思い出がそれよ」

温かい家族に守られ、自分の世界を自由にふわふわと生きてこられたあなたに、私と母の何がわかるというの？

きつい視線を横峰に向けると、雪村はその場を立ち去った。


ＨＣＵで緋山が患部を診ている間、未知はずっと扉の外を気にしていた。未知の想いを察し、緋山が告げる。

「岩田さん、今日も来てますよ」

彰生は朝から待合スペースで未知との面会がかなうのを待っているのだ。

「……どうしたらいいと思う？」

「……？」

「忘れられるのはイヤ。でも、私のことを引きずって彼が悲しみのなかで生きていくのはもっとイヤ」

どう答えようかと緋山は少し考える。視線の先に離れたベッドで患者のチェックをしている冴島の姿が見える。

「どちらにもならないかもしれません」

「……？」

「私は知ってます。そのどちらにもならなかった人。その女性は大切な恋人を病気で失った。でも大きな悲しみから立ち直って、今は新しい人生を歩きはじめてる」

「……」

「彼女は何一つ彼のことは忘れていないし、今、不幸でもない」

そう言って、緋山は視線を動かした。目線を追った未知は、その先に冴島の姿を見てハッとなる。

まさか彼女が……？

未知はぐるりとＨＣＵを見回した。奥のベッドの患者と談笑している藤川がいた。うれしそうに彼女のウエディングドレス姿の写真を見ていた先生だ。

幸せそうなカップルにしか見えなかったけど、ふたりの間にどんな過去があったのだろう……。

緋山は未知に向かって言葉を重ねる。

「それは彼女が最後まで彼と向き合い、亡くなった彼も彼女にきちんと想いを伝えたから。そういう時間をふたりが過ごしたから」

「……」

緋山は真っすぐに未知を見すえて言った。

「あなたに残された時間は少ない。……でも、今をどう生きるかは選ぶことができます」

未知はコクリとうなずいた。


スタッフステーションに戻った緋山は、パソコンでカルテの整理を始めた。同じように隣の席でパソコンのキーを叩いていた白石が、手を止めて尋ねた。

「ね、どうやったらああいうふうに話せるの？」

先ほどのＨＣＵでの未知との会話を、白石も聞いていたのだ。

モニターに顔を向けたまま緋山が応じる。

「……なに」

「緋山先生ってズバズバものを言うくせに、それがかえって人の心を打つ」

うらやましげなその口調から褒めてくれているのはわかるが、それで緒方を傷つけてしまったので、緋山は素直には喜べなかった。

「……なによ、気持ち悪い」

「ずるいよ」と白石は笑った。「こっちはいろいろ考えて、やっと言っても相手に届かなかったりしてるのに」

　スタッフリーダーなのに人の心の機微を察するのが下手だとか観察力がないだとか、フェローたちからそんなふうに思われていることはうすうす気がついていた。だからこそ自分なりに心配りをしているのに、あとさき考えずに言葉を発しているような緋山が、あっさりとスタッフや患者の心をほぐしていくのだ。

「あんただって頼りにされてるじゃない」と緋山は入り口のほうに目をやった。「ほら」

やって来たのは名取だった。名取は一瞬緋山のほうに目をやるが、すぐに視線をはずして白石へと顔を向けた。

「白石先生、ＩＣＵの久保田《くぼた》さん、そろそろＣＨＤＦ※終了してもいいと思うんですが」

「ああ」と白石はうなずいた。「今朝のデータもよくなってたし、いいんじゃない」

「わかりました」

　去り際に名取はふたたびチラッと緋山を見たが、何も言わずスタッフステーションを出ていった。

緋山に背中を押され、未知はすぐに彰生をＨＣＵに招き入れた。自分の心に素直になると、彰生の顔を見ただけでうれしくて涙があふれてくる。

たとえあとわずかの時間しか残されていないとしても……いや、だからこそ、その大切な時間をこの人とともに過ごしたいと思った。

目と目が合い、彼も同じ気持ちだということがわかった。

だったらもう迷うことはない。

彼とともに生きていこう。

未知はそう決意した。

こみ上げる想いを言葉にするのが恥ずかしくて最初はぎこちない会話になったが、パンパンにふくれ上がった風船の栓がはずれて勢いよく飛んでいくように、一度口を開いたら言葉が止まらなくなっていた。

あっという間に時間は過ぎ、外はすっかり夜の帳《とばり》に包まれている。

※ＣＨＤＦ
持続的血液ろ過透析。腎臓の働きが弱まり、血液中の余分な水分や老廃物などを自力で排出できない患者に対して行われる血液透析のこと。

結婚式場のパンフレットを見ながら顔をくっつけて話している未知と彰生に、冴島が声をかけた。

「そろそろ休んだほうがいいですよ」

未知の顔は楽しげではあるが、その呼吸はひどく苦しそうだったのだ。

「あ、すみません」と彰生がわれに返ったように言った。「面会時間終わりですよね」

腰を上げようとした彰生を冴島が制すると、唇の前に人さし指を立ててナイショねと伝えてベッド回りのカーテンを引いた。

「富澤さんは休んでくださいね」

ふたりに微笑むと、冴島は未知のベッドから離れた。

スタッフステーションからその様子を見ていた白石が緋山に言った。

「結婚式やることにしたって。来月」

「来月か……」と緋山はむずかしい顔になる。「そんな先なの？」

「それでもたまたま空いていた一日をどうにか、だって」

「……もっといいね」

「うん」

厳しいだろうことはわかってはいる。でも、それくらいのささやかな奇跡が起こってほしいとふたりは祈らずにはいられない。

横峯は昨日からずっと雪村のことを考えていた。

たしかに生まれ育った環境は違うし、攻撃的で嫌みな性格もガツガツした上昇志向も自分とは真逆で……なんなのこの子、ありえない！　と、ちょくちょく思うけど、それでもやっぱり彼女は大事な友達であり、同志だ。

その友達の母親を放っておくわけにはいかない。

廊下の先に藍沢の姿を見つけると、横峯は駆け寄った。隣に並んで話しかける。

「雪村沙代さん、飲酒欲求が強いときだけ抗酒剤を使うのはどうでしょう」

「何度も言わせるな。アルコール依存症の治療は専門家でなければ無理だ。外傷が安定したら精神科にコンサルしろ」

「……わかりました」

不服そうに横峯が口をつぐんだとき、院内にサイレンが鳴り響いた。誰かが非常ボタンを押したのだ。

即座に藍沢が駆け出し、横峯もあとを追った。

ＩＣＵの前にあるトイレの入り口付近で冴島が未知を抱えている。ぜいぜいと苦しそうにあえぐ未知の口元は血で赤く染まっている。

そこに藍沢と横峯が駆けつけてきた。三人は未知をストレッチャーに乗せて初療室へと運び込む。そこに白石と緋山もやって来た。

「一、二、三」

呼吸を合わせ、未知を初療台へと移動させる。

「吐血してショックだ」

藍沢に冴島がつけ加える。

「出血量は約８００です」

横峯が吸引器を準備する後ろを白石が内視鏡カートを運んでくる。

「腫瘍からの出血かも」

緋山がうなずき、看護師の広田に言った。

「エタ※ノールとトロンビンの準備して」

すぐに広田が動き出す。

処置を終えてＩＣＵに戻った未知はかなり衰弱していた。

閉められたカーテンの中、白石と冴島が輸血のチェックと交換をしている。苦しげにあえぐ未知に、冴島が声をかけた。

「今、岩田さんとご両親に連絡しましたから。頑張りましょう」

「……ありがとう。でもいい。もう十分」

「何言ってるんですか。結婚式、やるんでしょう?」

カーテンの外では、緋山が隣の患者のモニターチェックをしながら未知の声を聞いていた。

「……思い出したの」

未知は苦しい息の下に話しはじめた。

「結婚式のガイドブックってあるでしょ。あれを買いにいった日のこと。彼、本屋さん

※ **トロンビン**
止血剤。小血管、毛細血管及び実質臓器からの出血が、通常の結紮《けっさつ》（血管などを縛って結ぶ止血方法）では止血できない場合に使用される。

についてきた。いつもは買い物なんか面倒くさいって全然来ないのに。だいたい、あの本って男の人嫌がるじゃない」

「……普通はそうですね」

嫌がるもの……か。HCUにまでウエディングドレスの写真を持ち込んだ藤川を思い出しながら、冴島は答えた。

「お金がかかるものの記事ばっかりだし。私聞いたの。なんで来てくれたの？　こんなのイヤじゃない？って。あの人なんて答えたと思う？」

冴島はわからないと首を振った。

「だってこの本、重いだろって」

そう言って幸せそうに微笑む未知を冴島が見つめる。

「すごくうれしかった。重いものがあればそれを持ってやるのは自分だって。これから先の人生、彼は私をこんなふうに愛してくれるんだって思えた」

未知の口から嗚咽《おえつ》が漏れる。

冴島は黙ってうなずいた。

「もう十分」

あふれる涙で頬を濡らしながら、未知が言う。

「私は十分幸せだった」

「……」

未知の言葉を、冴島、白石、緋山はそれぞれの思いで受け止める。


ひっそりとした廊下のベンチに白石、緋山、冴島が並んで座っている。緋山の手には夜食のおにぎりがあるが、それは一向に減る様子がない。

「食べないの？」

「なんかね」と緋山が答える。

「食べないならもらっていい？」

そう言ったのは冴島だ。

緋山は無言でおにぎりを差し出す。受け取ったはいいが冴島も食べる気にはならないのか、じっとおにぎりを見つめている。

「式まで一か月もあるのか……」

ボソッと緋山が口にした。

今日の急変で未知の病状がさらに深刻になっていることがわかった。一か月など到底もちそうにない。

冴島はおにぎりを見つめながら何かを考えている。

「あんなに喜んでたのにできないとか、ありえないでしょ」

白石は弱々しく笑った。

「結婚式、反対派のくせに」

「うるさいわね。やらなきゃいけない結婚式もあるのよ」

「そうよね」

何かを決意したような冴島の強い口調に、緋山と白石は「……?」となる。

冴島はベンチから立ち上がり、おにぎりを手にしたまま歩き出した。

彼ならきっとわかってくれる。

5

四日後。

翔北病院にほど近い結婚式場で、もうすぐ未知と彰生の結婚式がとり行われようとしている。

もともとは藤川と冴島が結婚式を行う予定だったが、ふたりに譲ったのだ。冴島の申し出に藤川は一も二もなく承諾したばかりか、式場との交渉や招待客への連絡など面倒なことを全部引き受けてくれた。

冬晴れの明るい光が差す花嫁の控室、ウエディングドレス姿の未知がぼんやりと姿見を眺めている。

鏡に映っているのは車イスに座り、酸素吸入器をつけた女だ。ウィッグの下に髪はなく、メイクを施しているものの血色の悪さを隠しきれていない。

かたわらのウエルカムボードには元気だった頃の写真が貼られている。彰生とともに幸せそうな笑顔が弾けている。

ふたりの写真は、今日を最後にもう増えることはないだろう。

その横のテーブルにはリングピローが置かれている。真っ白な小さいクッションの上にはリングが二つ。ふたりの心のようにリボンで結ばれている。

彰生が入ってきたが未知は気づかない。

未知の横顔を彰生は見つめる。

この日を迎えられたうれしさと同時に、これから失うものの大きさを思い、悲しみに押しつぶされそうになる。

視線を感じて未知が振り向いた。

彰生に向かってにっこりと笑う。

「よかったのかな。譲ってもらっちゃって」

言葉とは裏腹にとてもうれしそうな未知に、彰生は涙をこらえて微笑み、車イスの前にひざまずく。

「ありがとう。会いにきてくれて」

「……」

「今さらでごめんね」

「……」

未知の瞳は涙で潤み、キラキラと輝いている。

「好きと言ってくれるあなたがいて、私は幸せ」

「……俺は好きと言いたくなる君がいてもっと幸せだよ」

未知の大きな瞳からポロッと涙がこぼれ落ちた。


今頃は式の真っ最中だろうか……白石、緋山、冴島は、未知の花嫁姿を見てみたかったと想いをはせる。

だが、患者は待ってはくれない。現に今も、救急車がこちらへ向かっているのだ。

「まぁ、ちょうどよかったわ。今月ピンチでご祝儀厳しかったから」

スタッフステーションを出て、廊下を歩きながら緋山が言った。

白石は苦笑しながら、隣を歩く冴島に顔を向けた。

「よかったね。喜んでもらえて」

「ええ」と冴島が微笑む。

向こうからやって来た看護師が三人に言った。

「救急車、来ます」

白石の表情が医師のそれに切り替わる。

「わかった」

三人が到着口に着くのとほぼ同時に救急車が滑り込んできた。後部ハッチが開き、ストレッチャーが降ろされる。

患者の姿を見て、三人は立ちすくんだ。

運ばれてきたのはウエディングドレス姿の未知だった。白いドレスの胸元が血に染まっている。その手を強くにぎっているのは彰生だ。

重ねられたふたりの左手の薬指には結婚指輪が光っている。

なぜ……。しかし、残酷な運命を嘆いている暇はない。

三人はすばやくストレッチャーに手をかけ、初療室へと急いだ。

「血圧60、脈拍140。搬送中に静脈ライン確保※してます」

※ **静脈ライン確保**
静脈内に針やチューブを固定させ、輸液路を確保する処置。

看護師が未知の状況を初療室のスタッフに伝える。

「移します」

「一、二、三」

初療台に乗せられた未知のドレスを手早く藍沢が切っていく。

「なんで今……」

悔しさに藤川は唇を噛む。

藍沢は余計な思いを振り切るように、処置に集中する。

「出血性ショック[※1]だ。挿管してREBOA[※2]入れるぞ」

「RBC[※3]6単位」

白石の指示に、「はい」と名取が答える。

緋山は血漿製剤の準備をしながら、「アンギオ室[※4]にも連絡入れて」と灰谷を動かす。

「はい」

横峯がAライン[※5]をとるのをアシストしていた冴島の目に薬指の結婚指輪が飛び込んできた。一瞬、冴島の手が止まる。

うっすらと開いた未知の目に動揺する冴島の顔が映る。未知は残された最後の力をふりしぼり、笑顔をつくってみせる。

「あなたもちゃんとやってね。結婚式」

「え……」

「みんなの前で誓えるって悪くない。想いは伝えて」

「……」

※1 出血性ショック
大きな血管が破れるなどして大量に出血したことが原因でショック状態になること。

※2 REBOA
大動脈内バルーン遮断。外傷性重症患者に対して行う蘇生処置法。大腿動脈から下行大動脈にバルーンカテーテルを挿入し、腹腔動脈分岐部より中枢側で大動脈をバルーンで遮断する方法。

※3 RBC
赤血球を補充するための輸血用の血液。

※4 アンギオ室
血管造影室。

※5 Aラインをとる
動脈に針を刺すことで、連続的に血圧測定を行うこと。

凄惨なその姿とは裏腹に未知の声は喜びで満たされていた。

とてつもなく不運だったけど、決して不幸だったわけではない。

自分は幸せだったと実感できた者の声だった。

それでも未知にはもっと長くその幸せを感じていてほしい。

皆の思いは同じだった。

そのために必死に手を動かす。

緊迫した空気を引き裂くようにホットラインが鳴った。

反射的に白石が受話器をとった。

「翔北救命センターです」

『木更津市消防よりドクターヘリ要請です』

橘が初療室に入ってきて、白石の抜けた位置につく。

『東京湾を運航するフェリーが濃霧のため海ほたるに衝突。少なくとも二十人以上の傷病者。平砂浦総合病院にもドクターヘリ要請しています』

聞き終えた橘が顔をしかめる。

「重症者もかなり出てそうだな」

名取が隣のＣＳ室に向かって大声で尋ねた。

「飛べますか？」

「木更津方面、視界回復したとのことです。飛べます」

町田の返事を聞き、白石は決断した。

「出動します」

今日のヘリ担当は名取だが事故の規模が大きすぎる。白石は名取へ振り向いて言った。

「藍沢先生と私で先に行く」

「わかりました」

藍沢は「行くぞ」と雪村をうながす。

「はい」

ふたりは足早に初療室を出ていく。

「ピストンで緋山先生、藤川先生、冴島さん。名取先生たちはそのあと来て」

緋山は未知の治療を続けながら答える。

「わかった」

名取、灰谷、横峯も「はい」と強くうなずいた。

「橘先生、富澤さんお願いしていいですか?」

「おう、行ってこい」

指示を終えると、白石は初療室から駆け出した。

6

紺色の海の上を滑るようにドクターヘリの白い機体が飛んでいく。水平線に切り取られた空との境界あたりに浮かぶ海の巨大なパーキングエリア「海ほたる」の姿が見えてきた。黒煙が上がり、空に向かって伸びている。

「十分前に平砂浦総合病院のドクターヘリが先着したそうです。着陸場所は追ってお知らせします」

無線の町田の声に「了解」と応えると、早川はさらに高度を下げていく。

海ほたるとの距離が縮まり、現場の様子が明らかになる。

人工島の岸壁にフェリーの船首が食い込み、そこから炎と黒煙が吹き出しているのだ。フェリーを取り囲むように海上保安庁の消防船が消火にあたっている。木更津へと延びるアクアラインには駆けつけた消防車と救急車が列をなしている。

雪村は窓外の光景に息を呑んだ。

三か月前の地下鉄トンネル崩落事故も規模の大きな事故だったが、地下だったためにその全容をすぐに知ることはできなかった。目の前で痛みに苦しむ人々を救うことに必死で、現場がどういう状況なのかを意識することはなかった。

ところが今、眼下に広がっているのは明らかに大規模事故の現場だ。どれくらいの傷病者がいるのだろうと想像しただけで雪村は恐怖にとらわれてしまう。しかも、まだ鎮火しておらず、黒い龍が赤い舌をチロチロとのぞかせるように黒煙の中で炎が揺れている。

あそこに自分は降りて傷ついた人々を救わなければならないのだ。

身震いを抑え、雪村は覚悟を決めた。

これが私の仕事だ。

ランデブーポイントの巨大駐車場に早川はヘリを着陸させた。入れ替わるように患者を乗せた平砂浦総合病院のドクターヘリが飛び立っていく。

藍沢、白石、雪村の三人はヘリから降りると消防隊員の案内でトリアージエリアに向かって駐車場を駆ける。

駐車場に設けられた救護エリアにはエアテントが設置され、その近くにトリアージされた患者たちが赤、黄、緑のシートの上でそれぞれ治療を受けている。

トリアージエリアは桟橋にあった。ブルーシートが敷かれ、フェリーから大勢の負傷者が運び出されている。その周囲をオレンジ色のユニフォーム姿のレスキュー隊員たちが駆けていく。負傷者たちの手当てをしているのは先に到着した平砂浦総合病院の医師と看護師、そして災害派遣医療チームの面々だ。

白石は指揮をとっている医師のもとへ駆け寄った。

「瀬崎《せざき》先生」

「ああ、白石先生」

平砂浦総合病院の瀬崎とは同じフライトドクターとして幾度も講習会などで顔を合わせた旧知の仲だった。

瀬崎は助かったという表情で白石に言った。

「黒四名、赤五名、黄色十七名[※1]で、こっちはＤＭＡＴ[※2]が対応します。車両甲板に救出できていない赤タグの傷病者がいるんでそっちお願いしていいですか」

「わかりました」

白石は藍沢、雪村とともに海上保安庁の巡視艇で迂回するようにフェリーへと向かった。

三人が巡視艇からフェリーに乗り込むと、車両甲板へと続く階段の下から消防隊員の声がした。

「先生、下です！　お願いします！」

狭い階段を下りると、三人は車両甲板に出た。

びっしりと積み込まれていた車両が衝突の衝撃で甲板の奥のほうに寄せられ、多重追突事故のようになっている。横転している車両も何台かある。

「狭いので気をつけてください」

消防隊員の先導で、三人は車と車の間を縫《ぬ》うように進んでいく。建築資材を載せた小型トラックを通りすぎ、その背後に回る。一台の乗用車の周りにレスキュー隊員と消防

※1　黒四名、赤五名、黄色十七名
トリアージの際に、傷病者につける認識票（トリアージタグ）の色のこと。治療の優先度を示す。黒は「死亡、または生命徴候がなく、明らかに救命が不可能な者」、赤は「重篤な状態で、ただちに処置を行うべき者」、黄は「処置は必要だが、今すぐ生命に関わるほど重篤ではなく、バイタルサインが安定している者」を示す。

※2　DMAT
災害派遣医療チーム。大規模災害や多くの傷病者が発生した事故現場などへ、急性期（おおむね発生後48時間以内）に迅速に対応・活動できる専門的な訓練を受けた医療従事者によって構成される。

隊員たちが集まっていた。

藍沢は冷静に車の中を見る。その横では雪村が懸命に自分を落ち着かせようとしている。

「！……」

車の助手席には四十代後輩とみられる男性がとり残されていた。救出したくてもできない理由があった。男性の腹部を直径五センチ、長さ五メートルほどの鉄筋が貫き、彼の体はシートから動けない状態になっていたのだ。

事故の際にトラックが荷崩れを起こし、荷台から滑り落ちた鉄筋のうちの一本が後方の乗用車のフロントガラスを突き破ったらしい。男性の体を貫いた鉄筋の先は、後部のガソリンタンクの辺りにまで達している。

「挿管するわ」

白石は運転席のドアを開けて中に入った。

「輸液準備」

藍沢の指示に、「はい」と雪村がうなずく。

「わかりますか？」

藍沢が声をかけるが男性は反応しない。意識を失っているようだ。

白石が挿管している間に藍沢がラインを入れる。

応急処置をしているその様子を、車の正面に立って若い男性が見守っているのに白石が気づいた。

年齢は二十歳そこそこだろうか。表情は硬いが、こんな状況下にもかかわらず比較的落ち着いた様子だ。

白石は男性に人工呼吸器具を取りつけながら救急隊員に尋ねた。

「ご家族の方ですか？」

「杉原剛志《すぎはらつよし》さん。息子さんです。運転席にいたそうです。この男性は杉原誠《まこと》さん。四十九歳です」と救急隊員が白石に伝える。

と、バイタルをモニターしていた雪村が切迫した声を上げた。

「血圧70です」

まずい。

白石は電動カッターで鉄筋を切断しているレスキュー隊員を振り返った。

「救出まで何分くらいですか？」

そのとき、「バンッ！」という大きな音とともに炎が舞い上がった。

「！」

　エコーを置きながら藍沢が叫ぶ。

「引火するぞ。離れろ」

「カッター中止！　消火剤！」

　レスキュー隊員が消火剤をまき、火はすぐに消し止められた。

「大丈夫か？」と藍沢は白石をうかがう。白石は自分を落ち着かせつつ、「ええ」とうなずくと、すぐにレスキュー隊員を振り返った。

「レスキュー状況は？」

「鉄筋がガソリンタンクを傷つけていて、切断の際の火花が引火したんだと思います。エンジンカッターは使えません。エアソー[※1]で切ります」

「どれくらいかかるんですか？」

「一時間はかかるかと……」

　杉原の管理をしていた雪村が声を上げた。

「橈骨《とうこつ》動脈[※2]の触れ弱いです」

「ルート増やそう」

白石の表情は険しい。

このままの状態で一時間ももつかどうか……。

藍沢も危機感を募らせる。

「前は三メートル、後ろも恐らく二メートルはあるだろう。一気に抜ける長さじゃない」

思わず口にしてから、剛志の存在を思い出した。

不安にさせたかと雪村を目でうながす。すかさず雪村が剛志に声をかけた。

「心配ですよね。でも危険ですからもう少し向こうで待ちましょうか」

「べつに心配してません」

ボソッとこぼした剛志の言葉に雪村は驚く。

「ただ後味悪くて。ひとりで惨めに死ねって言ったあとだったから」

※1 エアソー
空圧で鉄板の切断やヤスリがけをする工具。

※2 橈骨動脈の触れ弱い
橈骨（前腕の親指側にある長い骨）の近くを通る橈骨動脈（脈拍を測るのによく使われる）の脈が弱いということ。

「え……」

「……そしたら、いきなり船が揺れて……」

藍沢がチラと剛志を見る。

新たなラインを入れて杉原の脈拍を確認した白石の表情が変わる。

「まずい。頸動脈触れなくなった」

藍沢は一瞬考え、決断した。

「開胸して腹部への血流を遮断しよう」

出血点への血流を止めれば全身に血はめぐる。あくまでも応急処置だが、命をつなぐにはこれしかない。

杉原の左腕を上げ、雪村に指示する。

「開胸セットと遮断鉗子[※1]」

「はい」

「雪村さん、場所替わって」

白石は後部座席から運転席へと移動する。雪村は助手席の外側で治療している藍沢の横に立った。

「メスくれ」

「はい」と雪村が藍沢にメスを渡す。狭い車内に体をねじ込みながら、藍沢は開胸を開始した。白石もアシストする。

「開胸器出して」

「はい」

「肺に癒着※2があるな。肺底部からアプローチする」

白石は鉗子で肺を把持《はじ》。藍沢はクーパー※3で切開し、クロスクランプした。

「よし、遮断した」

雪村は杉原の首に手を伸ばして確認する。

※1 **遮断鉗子**
血流を止めるために血管を挟む器具。

※2 **癒着**
本来は離れているはずの組織や臓器がくっつくこと。

※3 **クーパー**
刃先が曲型で先端部が丸いはさみ。組織の切離や剥離などに使用する。

「頸動脈、触れるようになりました」

「あとはガーゼで被覆《ひふく》しておこう」

白石は鉄筋が刺さっている箇所を見て、言った。

「とりあえず出血は制御できてる。でも――」

このあとどうする？

白石は藍沢に目で尋ねる。

厳しいな……と藍沢は白石を見返した。


救護エリアには時間を追うごとに傷病者が増え、混乱の一途をたどっていた。翔北病院からの第二陣でやって来た緋山、藤川、冴島が死にものぐるいで対応している。

赤タグの患者のエコー検査をしていた緋山が、「心タンポナーデ[※1]だ」と顔をしかめる。

ひとりで処置するのはむずかしい。

緋山は、エアテントの中で藤川とともに多発外傷の患者の治療を行っている冴島にトランシーバーで声をかけた。

「冴島、こっち入れない？」

すぐに冴島が反応した。

「すみません。手が離せません」

「わかった」

さて、どうするか……。人手を確保する策に考えをめぐらせるが、何も思いつかない。

「手伝います」

今、一番求めていた言葉を耳にして緋山が顔を上げると、名取が立っていた。第三陣が着いたようだ。

助かった……緋山の表情がふっとゆるむ。
※2「心嚢穿刺《しんのうせんし》してみる。太いカテがないから――」
皆まで言わなくてもわかってますよと名取はあとを引き取った。

「並行して心嚢開窓《かいそう》の準備ですね」

※1 心タンポナーデ
外傷などが原因で、心臓と心嚢（心臓を包んでいる袋状の膜）の間に急速に液体がたまったために、心臓が圧迫されて正常な動きをせず、全身に必要な血液を送り出せなくなる状態。

※2 心嚢穿刺
心嚢に中空の細い針を刺して、心嚢に溜まった液体（心嚢液）を抜く処置。

滅菌手袋をつけながら緋山が言った。

「ここんところ感じ悪いじゃない。白石に鞍替えした？」

「べつに。いつもと同じですよ。親父のあと継ぐなら産科よりも一般外科のほうがいいと思ってますけど」

明らかに含むところがありそうだが、それにいちいち付き合うほどこっちも暇じゃない。

「……まぁ、いいわ」

緋山は頭を切り替えて、目の前の治療に集中する。


いっぽう、灰谷と横峯は桟橋のトリアージエリアにいた。灰谷は左下腿開放骨折※の女性、横峯は右大腿骨骨折の男性の応急処置を行っている。痛みでうめく患者に、申し訳なさそうに横峯が言った。

「すみません。重傷の患者さんを運び終えるまで、もう少し待ってくださいね」

ふと視線の端で誰かが手を振っているのをとらえた。桟橋に隣接する岸壁、消波ブロックの上で、腕から血を流した女性がこっちへ来いと手招きしているのだ。

横峯の視線に気づき、灰谷もそっちに目を向けた。

「……？」

「どうしました？　大丈夫ですか？」

横峯が大きな声で尋ねるがその女性は答えず、必死に手招きしている。

「なんだろう……？」

横峯が立ち上がろうとしたとき、女性が初めて口を開いた。彼女の口から飛び出したのは日本語ではなかった。

「早く助けて。あそこに人がいる！　来て！　こっちに人が浮いてるの！」

「え？　なに？　中国語？」

「いいから早くして！　死んじゃうわよ！　早く来なさいよ！　早く」

横峯はジェスチャーを交えて叫んだ。

「ちょっと待ってください！」

そう言いながらも、女性が何を伝えたいのかさっぱり分からない。横峯は灰谷に顔を

※開放骨折
折れた骨が皮膚を突き破り、外に露出している状態の骨折。傷口から細菌が侵入して感染を起こす危険性が高い。

向け、助けを求めた。

「通訳って誰に頼めば——」

「本当ですか？　どこ？」

いきなり中国語を話しながら駆け出した灰谷に、横峯は仰天し、「ええっ？」と二度見してしまう。

灰谷は女性のところにたどり着くと、尋ねた。

「手のケガは大丈夫ですか？」

「大丈夫。それよりあれ」

中国女性が指さしているのは消波ブロックとフェリーの隙間から見える海面だった。散乱した発泡スチロールや段ボール箱が浮かぶなかに、小さな人の背中が見える。波に揺られ、真っ青な顔がこちらを向いた。

「!!……」

まだあどけなさの残る中学生くらいの少年だった——。

救護エリアの赤シートの上では緋山と名取が重傷患者の処置をしている。ガーゼで患部を覆いながら緋山が名取に声をかけた。

「その人は足の温存は厳しいから止血を優先して」

すでに止血帯を巻き終わっていた名取が答える。

「CAT[※1]を巻いてあります」

「じゃあ血管見つけてしばって」

指示される前に名取はレッグバッグからペアン[※2]を取り出していた。

「ペアンで挟みます。そのほうが早い」

「ならそうして」

処置を終え、緋山は滅菌手袋を外しはじめる。自分たちから少し離れたところで平砂浦総合病院の医師たちが同じく重傷患者の処置をしている。まだ経験が浅いらしくかなり手こずっているようだ。

※1 CAT
止血帯の一種。アメリカでは、軍の各兵士が応急処置用に携行している。

※2 ペアン
ペアン鉗子。手術中の止血に使用するはさみのこと。

「早く挿管しろ。サチュレーション90切ってるぞ」

「体勢が悪くて声門が見えません。どうすれば」

聞こえてくる切迫したやりとりは気になるが、緋山は名取に自分たちの患者について尋ねた。

「汚染はどの程度?」

「手持ちの輸液で軽く洗いました」

「創部はガーゼで覆うだけでいいから。あとは――」

しびれを切らして名取がさえぎった。

「もう黙っててください。ひとりでできます。ここはいいですから行ってください」

「!?」

名取は向こうを目で指し示すと、緋山をうながした。

「見てられないんでしょ?」

こいつ、いっぱしの口をききやがって……。そう思いながらも、緋山は名取の成長を実感する。

「頼んだ」

緋山は腰を上げ、平砂浦総合病院の医師たちのところへ走る。

「すみません。ちょっと診させてください」

患者の状態をすばやくチェックし、言った。

「口からは無理ですね。経鼻挿管しましょう」

外傷バッグから経鼻挿管チューブを取り出し、見事な手技で挿管してみせる。

「ブラインドで一発……」

挿管に手こずっていた若い医師が思わず感嘆の声を上げる。

「アンビュー※お願いします」

すでに緋山は気管チューブのカフを固定し、聴診している。

緋山のスキルに圧倒されている平砂浦総合病院の医師たちを見て、名取はちょっと笑ってしまった。

※ **アンビュー**
アンビューバッグ。患者の顔にマスクを密着させ、そこにバッグを押すことで空気を送る人工換気器具。バッグバルブマスクともいう。

杉原の応急処置を終え、すでに三十分が経とうとしている。藍沢が腕時計にチラッと目をやり、患部を確認する。

「まずいな」

「そうね」
※ジャクソンリースを揉みながら雪村がふたりの会話を気にしている。それに気づいて白石が言った。
「早く車から出して遮断を解除しないと腸管が壊死しはじめる。もう三十分ももたないわ」

どうすればいいですか、と雪村は藍沢をうかがう。

エアソーが鉄筋を切断する金属音が響くなか、藍沢は懸命に策を考える。

このまま放っておけば助からないだろう。鉄筋が切断されるのを待つのは危険だ。一刻も早くこの患者を車外に出さなければならない。

しかし、鉄筋を切断するにはあと三十分はかかる。鉄筋が切断できないのだとしたら、もう一方を切るしかない。

なすすべもなく祈るような顔つきの白石を見て、藍沢は決断した。

「腹部を切って鉄筋から外そう」

どういうこと……?

「腹壁から腹腔内まで切開して、鉄筋から体を横に外す」

鉄筋じゃなく杉原さんのほうを切るっていうの……!?

突拍子もない提案に白石は藍沢の表情を見つめる。

真剣なまなざし。

どうやら本気のようだ。

「腸管や結腸動脈の処理はどうするの?」

「もちろんすべて切断する」

白石は考えた。

自分が反対すれば藍沢は無理にやろうとはしないだろう。

現場指揮官としての自分を、彼はいつも信頼してくれている。

このまま状況に身を任せるか……それとも彼を信じて自分たちで道を切り開くか……。

※ **ジャクソンリース**
手動の人工換気用具。

「そうね」

自然と口が動いていた。

「それしかないかも。どれくらい勝算ある？」

藍沢は本音を言った。

「まったくわからない。なにせ経験がない」

それはそうだよね。でも、やるしかない。

白石は覚悟を決めて剛志のほうへと歩み寄る。

「杉原さん。このままレスキューが鉄筋を切断するのを待つという選択肢もあります。が、時間的にかなり厳しい状況です」

剛志はうかがうように白石を見つめた。白石は大きく一つ息を吐くと、言った。

「今から、お父さんのお腹を切り開いて鉄筋から体を外します」

「え……」

「ただ、私たちも経験のないやり方です。かなりのリスクがあり、ご家族の同意をいただきたいです。それとお父さんに関することをできるだけ教えてください。手術歴、飲んでいる薬、なんでも結構です。情報は一つでも多いほうが助かる可能性が上がります」

そう言って、白石は剛志の返事を待つ。

「……」

考えたが何も思い浮かばなかった。

当たり前だ。

自分は、この男のことなど何一つ知らないのだから。

剛志は死の淵にいる父親に目をやった。

あれほど憎く、恐ろしかった男だとは思えない。

なんてちっぽけで惨めなんだ……。

剛志は父親との日々を思い返す。

外に男をつくった母に家を出ていかれて、父は酒に逃げた。もともとは腕のいい旋盤《せんばん》工だったが、仕事を放り出して飲んだくれるようになった。酔うと怒りっぽくなり、すぐに手が出た。

たちの悪い酒だった。

自分が母親似だったのも運が悪かった。

「お前を見ているとあいつを思い出す」と、まるで母に復讐でもするかのように毎日殴られ、蹴られ、痛めつけられた。

やがて父は仕事に出ることもなくなり、生活は困窮した。まだ小学生で働くこともできず、生きるために残飯をあさり、物を盗んだ。落ち着ける場所も、生きる意味を考える余裕もなく、心が空っぽのまま、ただ日々をやり過ごした。

このままでは自分の人生は終わりだ。

この男から逃げなければ……。

「俺、十一歳のときに自分で児童相談所に電話したんです」

思ってもみなかった答えに白石は虚をつかれた。

「はだしで家を飛び出して、道で人に携帯借りて。父に殺されるかもしれないから助けてくださいって」

藍沢と雪村は驚きの表情で剛志を見る。

「あの電話したときの気持ちは今も忘れられません。それ以来、父とは会ってませんでした。飲んでる薬どころか、最近どんな生活してるのかも知りません。顔だって今日会うまでほとんど忘れてた」

「……」

「だから、教えられることがありません。すみません」

なのに、どうして罪悪感を覚えるのだろう。

こんな男……こんな男……。

鉄筋に腹を貫かれ、虫の息の父を見ているうちにかすかな記憶が剛志の脳裏をよぎった。

こんな鉄筋や金属片を加工して、父はよく動物のオモチャを作ってくれた。ただの鉄の板が父の手によって魔法のように動物の形に変わっていくのが不思議で、そんな腕をもった父がとても誇らしかった。

まだ母も家にいて、楽しい家族の食卓の記憶もわずかにある。

幸せな思い出も……たしかにあるのだ。

「……ひとりで惨めに死ねよって、俺、十年ぶりに会った親父にそう言ったんです。本当に伝えたかったのはそんなことじゃなかったのに」

鼻の奥がツンとなり、思わず剛志の声がうわずる。

「よく逃げた」

え……と剛志は藍沢を見た。

「十一歳だ。家を出れば、自分以外に頼れる人間がいなくなることは想像できたはずだ。不安もあっただろう」

「……」

「子供は親を選べない。駄目な親だった場合、子供にできることは一つしかない。そこから逃げることだ」

「……」

「君は勇敢だったと思う」

藍沢の言葉ひとつひとつが剛志の心に響いていく。やり場のない気持ちをもて余した剛志は、ボンネットを両手の拳で叩きながら慟哭する。そんな剛志を、藍沢たちはただ黙って見守っていた。

「……やってください。それで助けてください」

涙に瞳を濡らしながら、剛志はそう言った。

「全力を尽くす。君が本当に伝えたかったことを伝えられるように」

「俺は親父に今の自分を見せたい。あんな家で育っても、俺はちゃんと仕事に就いて家族を養ってる。子供もふたりもいる。あんたなんかに人生壊されなかったって、そう伝えたい」

藍沢は力強くうなずくと、手術の準備を始めた。


ペアンで小腸を挟みながら、藍沢が杉原の腹を探っていく。体を貫いた鉄筋の外側に大腸の左側部分の下行結腸※があった。

「やはり、鉄筋は下行結腸の向こう側だな」

「切断するしかないわね」と白石が答える。

「ペアン四本出してくれ」

「はい」と雪村が動く。

「クーパー」

雪村から受け取ると、藍沢は下行結腸を切っていく。

「よし、切離できた」

※ **下行結腸**
大腸の主要部分である結腸の一部。

「角度が悪くて後腹膜《こうふくまく》※1が見えないわ。もう少し脱転※2してみる」

「頼む」

白石が小腸を押し曲げるようにして奥を探る。ようやく後腹膜が見えてきた。鉄筋はその向こうにある腎臓を貫いている。

しかも……。

藍沢は目に入ってきた腎臓の形を見て、息をのんだ。左右の腎臓が下のほうでくっついているのだ。

「奇形がある。馬蹄腎《ばていじん》※3だ」

「どうする？」

藍沢はすばやく決断した。

「左半分の腎臓はあきらめる。命を優先する」

「そうね」

「鉄筋が邪魔だ。腎動脈にアプローチできない」

藍沢はそう言って体の位置をずらした。すかさず白石も対応。「視野を展開するわ」と小腸を目いっぱい脱転させる。

「ケリー[※4]――」

「はい」

藍沢と白石は黙々と難手術を進めていく。

「腎茎部を把持《はじ》できた」

藍沢からケリー鉗子を受け取りながら白石が次の処置を進める。

「腎臓もクランプしよう」

「……よし、遮断した。タオルをありったけ出しておいてくれ。鉄筋から外せたらすぐ

※1 **後腹膜**
腹膜（腹部の内壁や内臓を覆っている膜）と、脊髄や腰の筋肉に囲まれた部分で、すい臓・腎臓などがある。

※2 **脱転**
手術のために、臓器を本来の位置から少し動かすこと。

※3 **馬蹄腎**
腎臓の先天的な形態異常。

※4 **ケリー鉗子**
刃先がややわん曲した鉗子。止血や組織把持、組織剥離などに使用される。

に※パッキングする」

腎動脈の処置も完了し、白石は後部座席へと移動した。藍沢が杉原の正面から、白石は背後から器具を保持。助手席に乗り込んだレスキュー隊員が杉原の体に手をかける。

「動かします」

「一、二、三っ！」

横にずれた杉原の体を抱きかかえるようにして、レスキュー隊員が車外に出した。

「父さん……」

剛志の口から声が漏れる。

死ぬな……！

※ **パッキング**
損傷部位に大量のタオルやガーゼを詰めて止血する処置。

7

杉原をバッグボードに乗せ、藍沢、白石、雪村が救護エリアへ戻ってきた。少し遅れて剛志がついてくる。バッグボードをストレッチャーの上に置き、搬送担当の医師に杉原を引き渡すと、ようやく白石は安堵した。

「遮断時間四十分。ギリギリ可能性残せた」

「ああ」と藍沢が白石にうなずく。

父親に付き添い去っていく剛志の姿を、雪村は視界から消えるまで見送っていた。

私は母に自分の気持ちを伝えたことがあっただろうか……。

いっぽう、緋山と名取も重傷患者の処置を終え、黄色タグの患者にかかっていた。

「ブラインドのCV挿入はよかったわ。やったことあったの？」

CV（中心静脈カテーテル）を縫合固定しながら名取が緋山の問いに答える。

「緋山先生の見たことありましたから」

「見ただけ？　調子に乗らないほうがいいわよ」

「ウソです。シミュレーターで死ぬほど練習しました」

軽い調子で言ってのける。

そうそう、名取はこういうヤツだ。

ヘンにプライドが高くて不器用で、人一倍努力しているくせにそれをかたくなに隠そうとする。

「だから安心して周産期医療センターに行ってください。俺のことは気にせずに」

「？」

「周産期行く話、三か月も遅らせたの、俺の指導を続けるためだったんでしょ」

あ……。

最近の名取が自分と不自然なほど距離を置いていた理由に、緋山はようやく気がついた。

「俺はもうひとりでやっていけます。失敗して立ち止まることはあるかもしれないけど、道に迷ったりはしない。進むべき道は見つけられました」

名取は少しためらったあと、続けた。

「緋山先生のおかげで」

「……」

「あとはせいぜい仕事と彼氏のことだけ考えてください」

初めての教え子からの頼もしくも温かい言葉に、緋山は心が揺さぶられる。が、ゆるみそうになる顔を引き締め、言った。

「最後まで生意気ね」

海ほたるの事故現場から翔北病院の初療室へと運ばれてきた十四歳の溺水患者、岡部《おかべ》達也《たつや》の頭部を新海が診ている。冬の海につかって冷えきった達也の体をどうにか平常時の体温まで戻すことはできたが、脳に酸素が供給されなかった時間が長く、きわめてむずかしい状態だ。

「……復温して三十分経ちました」

そう言って灰谷が新海をうかがう。

険しい表情で顔を上げた新海に、橘が尋ねた。

「どうだ？」

「自発呼吸[※1]が消失してるし、脳幹反射[※2]もありません」

「脳死か」

新海は黙ってうなずいた。

橘は灰谷を振り向き、尋ねた。

「家族に連絡ついたか」

「こっちに向かってるそうです……」

橘は初療台の上の達也を悲痛な面もちで見つめた。彼のバッグに入っていた一枚のカードが橘の心に重くのしかかっている。

黄色タグの患者の処置を終えて救急隊員に託したとき、白石のトランシーバーから瀬崎の声が聞こえてきた。

「エンジンルームで意識不明の患者が見つかりました。動かせません。翔北の先生、ど

※1 **自発呼吸**
自身の力で行われる呼吸のこと。
※2 **脳幹反射**
対光反射、角膜反射、咽頭反射など、外部からのさまざまな刺激に対して生じる反応のこと。これらのうち一つでも反射があれば脳死とはいえない。

なたか行けますか？」

白石は一緒に治療をしていた藍沢と雪村に、行くよと目で合図を送る。

「藍沢、白石、雪村の三名で向かいます」

三人は同時に栈橋へと走り出す。

巡視艇からふたたびフェリーに乗り込んだ三人は機関室を目指し、白石、雪村、藍沢の順番で階段を下りていく。内部は下層ほど損傷が激しく、階段にもさまざまな機材の破片が散乱している。行く手を阻むそれらを避けながら三人は進む。

足元はところどころ海水で濡れており、波の動きに合わせて今も少しずつ海水が流れ込んでいるようだ。

ビシッと小さな音がして、藍沢は周囲に視線を走らせた。

前方の踊り場に破断した電源コードが垂れて落ちかかっている。しかも、その断端は水たまりに触れそうだ。

先頭を行く白石は気づいていない。

まずい！

藍沢が声を発する前に白石は踊り場に足を踏み出した。さいわいなことに白石の足は水たまりを避けた。

藍沢が胸をなでおろしたとき、雪村が続いた。

「！」

反射的に藍沢は雪村をかばうように肩を押した。

雪村はそのまま脇に倒れ込んで水たまりを回避したが、押した勢いで藍沢の足が水たまりに触れた。

バンッ！

何かが破裂するような音に振り返った白石の視界から、藍沢の姿が踊り場の手すりの向こうへ消えていく。

え……!?

一瞬何が起きたのかわからず、白石は固まった。

そこにトランシーバーから瀬崎の声が聞こえてきた。

「エンジンルームの傷病者は感電による電撃傷疑い。エンジンルーム周辺で漏電の可能性があります。各スタッフは注意してください」

ハッとわれに返った白石は水場を避けながら手すりに駆け寄った。階下をのぞき込むと流れ込んだ海水の中に倒れている藍沢の姿が見えた。

「！」

白石は階段を飛ぶように下りると、藍沢のもとへ駆け寄った。

「藍沢先生！」

しかし、うつぶせになったまま藍沢はピクリともしない。

「雪村さん、ＡＥＤ」

「はい」

白石のあとを追って船底に下りた雪村がＡＥＤを取りにいく。

船底の奥のほうに海上保安庁特殊救難隊のオレンジ色のユニフォームが見え、白石は叫んだ。

「救出お願いします！」

白石の声に特救隊員が振り向いた。

「はい！」とこちらに駆けてくる。

「藍沢先生、藍沢先生」

白石は必死に声をかけるが、藍沢の意識は戻らない。特救隊員は藍沢を抱えると海水の届かないメーターボックスの上に運び、横たえた。

「感電して高所から転落、意識ありません。搬送準備お願いします」

白石が特救隊員に告げる。

「わかりました。隊員ひとりサポートにつけます」

「お願いします」

白石は藍沢の頸動脈に触れて呼吸を確認したが、呼吸、脈、ともに感じられない。心臓マッサージを始めたとき、トランシーバーから他病院の医師の声が聞こえてきた。

「エンジンルーム内の電撃傷の患者は心拍再開しません。黒タグです。搬送は消防に任せます」

「了解」と瀬崎の声が答える。「白石先生のほうは？」

白石に代わって特救隊員が答えた。

「要救助者、さらに一名発生。ドクターは対応中です」

白石は膝下まで海水に浸かりながら懸命に心臓マッサージを続けている。そこにＡＥＤを持った雪村が戻ってきた。

白石は藍沢のフライトスーツを切って、胸部をタオルで拭く。雪村がＡＥＤの電源を入れ、すばやくパッドを胸に貼った。

「解析開始します」

「離れて」

白石がショックボタンを押すと、藍沢の体がビクンと痙攣する。ＡＥＤのモニターに拍動の再開が表示される。すかさず白石が頸動脈に触れる。

「戻った」

雪村の表情が安堵でくずれそうになる。

自分を助けるために藍沢先生は事故に遭った。このまま呼吸が戻らなかったら……と雪村は不安で押しつぶされそうだったのだ。

「換気回数多めにして」

「はい」

雪村は表情を引き締めると、バッグからジャクソンリースを取り出した。

やがて応援の特救隊員が駆けつけた。

担架に乗せられ搬送される藍沢の呼吸をジャクソンリースで確保しながら、白石が海水の中を進んでいく。

階段の前でトランシーバーのスイッチを入れて瀬崎に報告する。

「心拍再開。自発呼吸も出ましたが、意識レベル２００[※1]。呼吸状態も悪くＳｐＯ２[※2]、90。赤タグです。搬送順位はどうなりそうですか？」

「ほかに赤タグはもういません。最優先で搬送可能です」

「わかりました」

担架に乗せられた藍沢がフェリーから桟橋へと運ばれてきた。ジャクソンリースで圧をかけ続ける白石の後ろを点滴を手にした雪村がついてくる。

トリアージエリアでは藤川と冴島が、救護エリアでは緋山、名取、横峯が、その姿を祈るように見送る。

※1 意識レベル200
覚醒の程度によって意識障害を3群に分け、さらにそれぞれを3段階に区分して数字で表した評価基準。200は3群の「刺激しても覚醒しない」状態で、痛みに対して少し手足を動かしたり、顔をしかめたりするレベル。

※2 SpO2
経皮的〈動脈血〉酸素飽和度。指先にパルスオキシメータという計測器をつけて測った、血液中のヘモグロビンと酸素の結合の割合を示す値。酸素が体に行き届いているかをみる際の指標となる。正常値は96％以上とされている。

ドクターヘリは藍沢を乗せるや、すぐに海ほたるを飛び立った。

ジャクソンリースのバッグを揉みつづけたせいで手の感覚がなくなってきても、白石は雪村と代わろうとはしなかった。

この手に藍沢の命がかかっている。白石は無心で手を動かしつづける。

と、挿管していたチューブに血が逆流してきた。それを見た雪村はがく然とする。白石も気づいたが換気を止めることはできない。

透明なチューブを通り、赤い血がジャクソンリースのバッグへ流れ込んでくる。

白石は右手を動かしながら左手で無線のスイッチを入れた。

「こちら翔北ドクターヘリ。気道からの出血がひどい。到着次第、気管支ファイバー[※1]をできるようにしておいてください。あとＦＦＰ[※2]もあるだけ用意して。ＣＴの連絡もお願いします」

「了解」と橘が答える。

白石は無線を切ると雪村に言った。

「吸引して」

「はい」

雪村が藍沢の口にシリンジを入れ、血を引く。

吸引を終えると、すぐに白石が換気を再開する。

今、自分たちにやれることはこれだけだ。

たまらず、白石はバッグを揉みながら藍沢に語りかけた。

「藍沢先生、年が明けたらあなたはトロントに行くの。ちゃんと元気になって」

嫌な想像を振りはらい、白石は続ける。

「英語でもきっと口は悪いわね。どうせ嫌われ者よ」

血液の逆流はなおも続く。

「……お願い。もう一回聞かせて。もう一回あの腹の立つ物言いを聞かせて」

しかし、白石の声は藍沢には届かない。

バッグを揉む音とヘリのローター音だけがむなしく響く。

※1 気管支ファイバー
気管や気管支の検査・診断・治療に用いるファイバースコープ。
※2 FFP
血を固める成分を補充するための輸血用の血。

8

ＩＣＵのベッドで藍沢が眠っている。

その横では白石と橘が状態を見ている。藤川と冴島はほかの患者をチェックし、緋山はデスクで書類仕事をしている。

いつもと同じ場所なのに、仲間が患者としているだけでこうも空気が重くなってしまうのか。

そんな思いを抱えながら、皆、黙々とそれぞれの仕事をこなしていく。

血中酸素飽和度をチェックしていた広田が言った。

「サチュレーション90を切りました」

「ＰａＯ2[※1]はいくつだ？」と橘が尋ねる。

白石が広田の持つデータを見て、答える。

「１２０です」

「純酸素投与してそれか……まずいな。肺機能は限界か」

白石は少し考え、言った。

※2「ECMO《エクモ》入れましょう。肺の負担を減らして回復を待てば可能性が出てくるかもしれません」

藍沢の肺は電撃のショックでその機能を著しく低下させていた。人工肺と体外循環回路を使って、肺への負担を少しでも減らす必要がある。

橘は小さくうなずいて言った。

「準備してくれ」

白石と広田がすぐに動き出す。

いっぽう、ICUの個室では脳死状態の達也がベッドに寝かされていた。ベッドの脇には達也の両親の姿がある。灰谷からの説明を受け、母親は事実を受け入れることがで

※1 PaO2
動脈血の酸素分圧。圧力の単位であるTorr《トル》で表す。基準値は80~100Torr。

※2 ECMO
体外式模型人工肺。血液を体外に循環させ、人工的に酸素と二酸化炭素のガス交換を行う装置。

きず、何度も頭を振りながら泣き崩れている。

「脳死……ですか……」

父親がぼう然とした表情でつぶやいた。

灰谷は達也が身につけていたウェアとヒップバッグを差し出した。父親が黙ってそれを受け取る。

「ご両親に連絡をとるとき、中を見せていただきました」

母親が涙に濡れた顔を上げた。

灰谷はふたりに一枚のカードを差し出した。

「！」

それは臓器提供意思表示カードだった。『すべての臓器を提供する』と記された項目に丸がつけられている。

戸惑う両親に灰谷は言った。

「達也くんは十四歳です。臓器提供の意思表示は十五歳以上の場合のみ有効ですから、この表示に法的な意味はありません。ですが……」

うまい表現が見つからず灰谷は口ごもった。

「……お返ししておきます」

結局、それしか言えなかった。

言葉をなくし、返事もできずにいる両親を、灰谷はただ見つめることしかできない。

医局の自席に白石がいる。目はパソコンのモニターに向けられているが、何も見てはいない。

あのとき、先頭を歩いていた自分が、藍沢よりも先に破断した電源コードに気がついていれば、彼があんな事故に遭うことはなかった。

私のミスだ……。

リーダーとして十分に注意を払うべき現場だったのに……。これではフェロー時代の自分と変わらないではないか。

白石は自分自身に絶望してしまう。

そこに藤川が入ってきた。

一点を見つめたまま失意に陥っている白石に何か話しかけようとするが、言葉が見つからない。ふと白石のデスクに目を留めた。かわいらしくラッピングされたＤＶＤが２

セット置かれ、それぞれに『藤川先生』『冴島さん』と書かれた付箋が貼られている。

「そういや今日だったんだな。俺の結婚式」

努めて明るく藤川は話しかけた。

「そうだね」と白石が答える。

「なんかいろいろありすぎて忘れてたよ」

ふたたび物思いに沈んでいく白石に、藤川が言った。

「それ、もらっていいか」

「うん」と白石はかすかに笑い、ＤＶＤを差し出した。

「サンキュー」

藤川はそれを受け取ると、尋ねた。

「大変だったろ。どうせみんな文句ばっかで」

「うん」と白石は藤川に笑顔を向ける。「みんな嫌がった」

「緋山とか最悪だったんじゃない？」と藤川もつられて笑う。

「よくわかってるね」

ようやく笑顔で会話ができたが、それも長くは続かなかった。すぐにふたりに沈黙が訪れる。

「……ひとりだけすんなり撮らせてくれたんだよね」と白石がふたたび口を開いた。

「誰だと思う？」

藤川は少し考え、言った。

「藍沢か？」

「よくわかってる」

「ああ。あいつは意外と優しいからな。口が悪いだけで」

「うん」

こみ上げてくるものを白石はグッとこらえる。

藤川が察し、黙って医局を出ていった。

ひとりになった途端、デスクの上に涙のしずくが落ちた。


緋山はＩＣＵを見下ろす渡り廊下のベンチで書類のチェックをしていた。向こうから名取がやって来る。

「ここにいたんですか」

黙ったまま緋山が顔を上げる。

声を発する元気もなく、「なに？」と目でうながす。

「富澤未知さん。腫瘍からの出血がコントロールできて、とりあえずはもちこたえています」

「……そう。よかった」

階下の廊下を冴島が歩いている。ＩＣＵに入ろうとしたとき、ぼんやり佇んでいる雪村が目に入った。雪村の視線の先にはベッドの上の藍沢の姿がある。

冴島は雪村に歩み寄り、声をかけた。

「状況は聞いた。あなたのせいじゃないわ」

自分のせいだなんて言うと、また藍沢にこっぴどく叱られるだろう。頭ではわかっているけど、自分がもっと注意深く行動していれば、と考えずにはいられない。

せめて今、何かできることはないだろうか。

雪村は冴島に尋ねた。

「……ご家族に連絡って誰かしてるんですか？」

藍沢の家庭の事情は複雑だ。冴島が説明をためらっていると、いつからいたのか白石が背後から声をかけてきた。

「連絡をとる相手がいないの」

振り返った雪村に、白石がタブレットを見せる。そこには藍沢の情報が表示されていたが、緊急連絡先が空欄になっていた。

「どういうことですか？」

「一緒に暮らしていたおばあさんは二年前に亡くなってる。お父さんがいるにはいるけど連絡はとってないみたい。お母さんの命日に会うくらいだって言ってた」

藍沢先生も決して家庭に恵まれていたわけじゃないんだ……。

事情を察した雪村に、白石がうなずく。

なのに私は……。

「……藍沢先生は母を遠ざけてる私に、罪悪感を抱く必要はないって言ってくれました」

「藍沢先生もおばあさんの介護と自分のキャリアで悩む時期があったから、きっと本心よ」

「……私、ひどいことを……」

肩をふるわせる雪村の背中に、白石がそっと手を添えた。

白石からもらったＤＶＤを持って宿直室に入った藤川は、すぐにパソコンで再生する。最初に画面に現れたのは、藍沢だった。

「なんだよ。お前がトップバッターかよ」

カメラを見すえて藍沢が話しはじめる。

『俺は結婚式なんてくだらないと思ってた。なかなかの忙しさの白石に無理やりビデオメッセージを担当させたって聞いたときは、相変わらず迷惑なヤツだと思った』

「おいおい、結婚式で言うかそれ」と藤川が画面にツッコむ。

『だが、お前を見てるとそれも悪くないと思う。迷惑だってわかってたんだろ？　それでも頼んだのは冴島が喜ぶって知ってたからだ。そう考えたら、藤川はこうやって冴島を愛していくんだとわかった』

「……」

『藤川。いつかお前は、どうして俺みたいになれないのかと俺に聞いた。覚えてるか？』

覚えてねーよ。

俺はずっとお前みたいになりたいと思ってるんだから。

昔から今も変わらず、ずっと……。

『今は俺のほうがお前みたいになりたいと思う。少しだけ。大切な人間に胸を張って大切だと言えることがいかに尊いものか、お前を見てるとわかる。俺もいつか伝えられるようになりたいと思う。ありがとう』

胸の奥に広がる熱い思いが涙となってこぼれ落ちそうになる。それを必死でこらえながら、藤川は藍沢に感謝する。

いつもお前は俺の背中を押してくれる。

藤川はスマホを取り出すと、冴島にかけた。

「あ、はるか？　やっぱりやらないか、結婚式。どれだけ先になってもいいからさ」

電話の向こうで冴島が、「なにをバカなことを」とあきれているが、その口調には少しうれしそうな響きがあった。

9

海ほたるのフェリー事故から一日が過ぎた。

藍沢はまだ目を覚まさない。

医局では灰谷が達也の臓器移植に備えて書類を準備していた。その様子を橘が見守っている。

「ご両親、悩まれてます」

「そうだろうな」

「どうすればいいんでしょうか」

灰谷の問いかけに橘が答えた。

「何もしなくていい。俺たちは臓器提供を勧めることも止めることもできない」

「……」

「ただいてやれ。ご両親が疑問に思うことに誠実に答え、コーディネーターとの橋渡しをすればいい。ご両親にとってお前は、愛する息子を見つけ、全力で治療してくれた医師だ。何かあればまずお前に話したいと思うはずだ」

何もしないで、ただそばにいるだけ。

医師として無力感はぬぐえないが、それでも、少しでも何か役に立つことができれば……。

灰谷は橘にうなずいた。

ＩＣＵの前の待合スペースにいた達也の両親は、廊下を歩いてくる灰谷を見て立ち上がった。灰谷が目の前まで来ると、用意していた書類を差し出す。

「……！」

それは臓器提供の承諾書だった。すべてが記入済みで、「承諾」の文字に丸がつけられている。

「いいんですよね。これで」

自らに言い聞かせるように父親が言った。

灰谷はなんと答えていいかわからない。

父親はうわずった声で続ける。

「……どうしていいかわかりません。手を握ればまだ温かいし、うっすらヒゲも生えたりしてる。本当に死んでるなんてとても……」

懐からドナーカードを取り出すと、息子の筆跡をじっと見つめながら言った。

「でも、あいつの最後に示した意思がこれなら、かなえてやるのが親かなって」

涙声の父親の決意を聞きながら、灰谷は懸命にかけるべき言葉を探した。

しかし、どう頭をめぐらせても見つからない。

灰谷はただ黙って、自ら子供の死を決めなければならない親の深い悲しみを受け止めた。


待合スペースから少し離れた場所で、雪村はまたＩＣＵのベッドに横たわる藍沢を見つめている。少し時間ができるとつい足がここに向いてしまうのだ。

今の自分にできることなどないのだから、と思いを断ち切って仕事に戻ろうとしたとき、廊下の向こうを横峯が誰かを探すように歩いていくのが見えた。焦った顔で周囲を見回すと、足早に去っていく。

怪訝そうに見送った雪村は、その視線の先に、おぼつかない足どりでフラフラと歩いている沙代の姿をとらえた。

もしや……と雪村は沙代に駆け寄った。

「お母さん。こんなところで何してるの？」

「ああ、双葉ちゃん」と沙代は目を輝かせる。「ねえ、私の病室ってどこだっけ？」

酒臭い息を吐きながら上機嫌で尋ねる。

酒を飲んでいる——！　雪村は怒りで目がくらみそうになる。

表情を変えた雪村を見て、沙代は言った。

「あれ、怒ってる？　ごめんなさい。だって、病院ってどっち向いても同じ景色じゃない。どっち向いても同じような病人ばっかりだし。ハハハ」

バカ笑いする沙代に、雪村は思わずキレた。

「いい加減わかって！　お母さんはこれ以上お酒を飲めば死ぬの」

雪村の声に気づいた横峯が、あわてて戻ってきた。そして少し離れたところでふたりの会話に耳をすます。

「それに同じような病人ばかりじゃない。みんなそれぞれ自分の病気やケガと闘ってる。なかには心配してくれる家族がいなかったり、家族を失って悲しんだりしてる人もいる。

なのにどう？　横峯先生はお母さんのことを救いたいって頑張ってくれてるのに、それを裏切ってる」

「わかってるわよ」

「本当に？　本当にわかってる？」

雪村は沙代に詰め寄る。

「わかってる」と返し、沙代はうすく笑った。

「……私には家族がいる。でも、心配してくれる人はいない」

「！」

沙代の声は嫌みではなく悲しみに満ちていた。

「やっかいな母親がいなくなってほしいって思ってる娘がふたりいるだけ。私だって好きでこんなふうにしてるんじゃない」

どうしてこんなことになってしまったのだろう。一度おかしくなってしまった歯車は元には戻らず、おかしなまま走り続けていたら娘との心の距離はどんどん離れていくばかりだった。

ちゃんとやろう、ちゃんとやろうと思っても、弱い自分は世間の風当たりに負けて、嫌なことがあるたびに酒に逃げた。

そんな自分が不甲斐なくて情けなくて、沙代の目から涙がこぼれる。と同時に、言葉もぽろぽろとこぼれ落ちた。

「もっとちゃんと母親がやりたかった。頑張ってる娘たちと仲よくしたかった」

あふれ出た母の想いを、一生聞くはずがないと思っていた言葉を、雪村はぼう然と聞いている。

沙代は最後に小さく言った。

「ごめんね」

「……」

沙代はエレベーターのほうに向かって歩き出す。

しかし、雪村はその場から動けなかった。

見守っていた横峯が案内しなきゃと行こうとしたとき、ようやく雪村が沙代を追って歩き出した。

「ベッドまで送る」

隣に並んだ雪村に沙代はすまなそうに体を預け、ツーピースの看護服のトップスの裾をギュッと握りしめる。

寄り添うように歩く母娘の後ろ姿を、横峯は黙って見送った。


達也の臓器摘出は翌朝、行われた。

摘出チームによる手術が終わり、達也が病室に戻ってきた。※エンゼルケアを施す看護師を涙ぐみながら母親が手伝う。父親はそのかたわらに佇み、息子の顔を静かに見つめている。

「岡崎さん」

父親が声のするほうを振り向くと、橘がいた。

「……橘先生」

橘の隣には小学校高学年くらいの少年が立っている。

「私の息子です。優輔《ゆうすけ》といいます」

いぶかしげに見つめる父親に、橘は言った。

「息子の心臓は息子のものではありません」

「！……」

「三か月前、十代の少年から移植されたものです」

驚く父親に、橘は言った。

「息子の胸の音を聞いてやってもらえませんか？」

橘は優輔のシャツをめくり、聴診器を父親に渡した。父親はおそるおそる優輔の胸に聴診器を当て、目を閉じて耳をすます。

ドクッドクッと力強い鼓動が聞こえてきた。

命の音だ。

「……聞こえます。心臓の動いている音が」

「はい」

「うちの息子の心臓も、こうやってどなたかの体の中で生き続けるのでしょうか？」

「はい」と橘は強くうなずいた。

「ありがとうございます」

父親は橘に礼を述べると、優輔に顔を向けた。

※**エンゼルケア**
逝去時ケア。死亡した患者に施される処置全般（保清、顔や体を化粧品などできれいに整えるなど）のこと。

「ありがとう。君は私たちの希望だ。強く生きてください」

母親が優輔の肩にそっと触れる。その瞳から涙がこぼれ落ちた。

息子の死が無駄にはならなかった。

息子の決断は間違ってはいなかった……。

少しだけ心が軽くなったふたりは、達也をおだやかに見つめて、小さく微笑む。


達也の病室を出た橘は隣を歩く優輔に言った。

「すまない。つらかっただろ」

優輔は首を横に振る。

「わかってよかったよ。僕の心臓もあんなふうにして僕を救ってくれたんだね」

その言葉に、橘は息子の成長を実感した。

これも生きていてくれたからこそだ。

優輔が移植を拒否したときのことを思い返す。

移植を切望するあまり無意識に他人の死を願っている父親の姿に絶望し、優輔は一度自分の命をあきらめかけた。

自分がそこまで息子を追い込んでいたことに橘は気づかなかった。そして、重病の息子を前にして、自分が医師ではなくなっていたことも……。

病はそんなふうに人を変えてしまう。

だからこそ、他者を生かすための決意を表してくれたドナーたちの勇気には、いくら感謝をしてもしきれない。

残された家族の痛みや心が少しでも楽になってほしいと願う。

「橘先生」

振り返ると灰谷がこちらへ駆けてくるのが見えた。橘と優輔は立ち止まった。

橘の前に来ると、灰谷はおずおずと口を開いた。

「……僕はどうすればよかったんでしょう。あのご両親になんて言ってあげればよかったんでしょうか」

「わからんよ」と橘は言った。

その顔にはやわらかな笑みが浮かんでいる。

「俺だって、毎日迷いながらやってる」

だから、迷うことを恐れるな。正しい答えなど、どこにもないのだから。

そうだ、焦ることはないんだ。医師として自分はどうありたいのか、命とどう向き合うのか、とことん考え抜こう……灰谷はそう思いながら口元を引き締めた。

午後、藍沢の状態をチェックしていた冴島が白石に告げた。

「SpO2、98です」

正常値に戻った！　白石の表情が明るくなる。

「ECMOを離脱できるわ」

肺機能が回復し、人工肺の力を使わなくてもよくなったのだ。これならもうすぐ意識も戻るだろう。

大きな山を越えて白石は胸をなでおろした。

その頃、正面玄関には沙代がいた。寄り添う若葉の姿もある。頭の傷の状態が安定してきたので退院することになったのだ。

見送りしていた横峯の横に誰かが立った。

雪村だ。

「……お姉ちゃん」

ふたりきりで話がしたいと雪村は若葉を中庭に誘った。横峯が沙代を連れてベンチに座る。雪村と若葉は少し離れた場所で話を始めた。

「ちゃんとした施設に入りたいって。お母さんから言い出したのなんて初めてだわ」

若葉はあんたのおかげよと思いを込める。

自分から誘っておきながら、雪村は何から話していいか戸惑い、なかなか口を開けない。若葉は黙って、妹の言葉を待っている。

「……ごめん」

「何が？」

「私だけ逃げ出して」

若葉は大きく息を吐くと、言った。

「家族の絆ってなんだろうね。それで強くなれる人もいるとは思うけど、私たちは縛られただけ。切りたくても切れない絆のおかげで疲れ果てて、姉と妹で母親を押しつけ合ったりしてる」

「……」

「私はひとりになるのが怖かっただけ。あんたがあやまることはない」

初めて姉の本音を聞き、雪村のかたくなだった心がほどけ、目頭が熱くなる。

「……たまに会いにいってもいい？」

声を震わせながら聞くと、若葉がフッと笑った。

「たまに会いにくるぐらいが楽よね」

「……」

「それでもいい。会いにきてやって。お母さん、飲んだときはすごくうれしそうに話すんだから。下の子は大きな病院でフライトナースやってるんだって。困った人のところへドクターヘリで飛んでくんだって」

私のことをそんなふうに……？　熱いものがこみ上げ、胸がつまる。

「あんたはわが家の希望なのよ」

微笑む姉に、雪村は涙ぐみながら笑みを返した。

＊＊＊

目を開けるとぼんやりと白石の顔が浮かんで見えた。

「藍沢先生、わかる?」

長い夢を見ていた。

どんな夢だったかは覚えていないが、とても温かくて心地よい声がいつも聞こえていた。

この声だ。

藍沢は泣き笑いのような表情でのぞき込む白石に、小さくうなずいた。

10

三週間後。

溜まりに溜まった書類に記入を終え、藤川はパソコンの前で、「ふぁ〜」と大きく伸びをした。

「やっと終わった」

しかし、救命センターに休息などはない。次の瞬間、スタッフステーションに橘が飛び込んできた。

「藤川、中庭で急患だ。女性が胸の痛みを訴えて動けなくなってる。緋山が診てる。応援に行ってやってくれ」

「はい」と藤川が立ち上がる。

「あ、冴島も」

「私もですか?」と冴島が怪訝そうな表情を向ける。わざわざ自分が行かなくても中庭だったら看護師はいくらでもいるだろうに。

「いいから頼む」

「行こう」

藤川にうながされて冴島も席を立つ。

ふたりの姿が見えなくなると、橘はホッと息をついた。


ふたりが中庭に到着すると、うずくまる女性を介抱する緋山の背中が見えた。すかさず藤川が声をかける。

「緋山、どうした？　心筋梗塞か？」

「いたたたた。痛い痛い。お腹が痛い」と女性がうめく。

あわてて藤川と冴島が駆け寄る。

「胸じゃなかったのか。腹腔内出血？」

「大丈夫ですか」

患者の顔を見て、ふたりは固まった。

「え……」

「あ……」

緋山に支えられていたのは白石だったのだ。

「……白石……!?」

驚く藤川を無視するように、緋山が白石に声をかけた。

「どうされたんですか。転んだんですか?」

「いや、あのさ……」

あきれる藤川にかまわず、白石も茶番劇を続ける。

「痛い痛い。ちょっと……衣装を……取りにいっていて……」

「衣装?」と藤川は首をひねった。

ふたりの意図がわからない。

「お前ら、なにやってんの?」

「こ、こ、これを……」

白石は抱え込んでいた何かを冴島に押しつけた。

「え……?」

反射的に受け取った冴島は絶句した。

それは透明なケースに入ったウエディングドレスだったのだ。

「藤川、使え」

背後から別の声がして、振り向いた藤川の顔に何かが降ってきた。

「!?」

声の主は藍沢だった。

そして、藤川が手にしたのはタキシードである。

「藍沢……」

「早くしろ」

「いたたたたた!!!」

ぼう然とする藤川と冴島の前で、白石がお役目をまっとうしようとばかりに、しつこく三文芝居を続けている。

「痛い痛い、助けて……ううう」

イタい、イタすぎるよ白石……。

さすがに見ていられなくなった緋山が止めた。

「白石、もういいかも」

藤川と冴島が周りを見回すと、いつの間にか救命のスタッフたちが集まっていた。皆が持ち寄ったもので何か作業を始めている。

運んできたモニター用の台を白いシーツで覆い、祭壇をこさえる。横峯と雪村がその横に花を飾りつける。祭壇を正面に事務用テーブルを並べていく。

あれよあれよという間にガーデンウエディングの準備が整った。


即席の祭壇の前にタキシードを着た藤川が照れくさそうに立っている。

祭壇の向こう正面にウエディングドレス姿の冴島が現れた。

その美しさに、藤川は言葉を失ってしまう。

想像していたのと現実はまるで違う。現実は想像をはるかに超えていた。

照れくさそうな冴島の笑顔は喜びに輝いている。

愛する人が笑って、その周りには大切な仲間がいて……。

幸せって、こういうことなんだなと藤川は思う。

白いドレスに身を包んだ冴島を見ながら、「やっぱりきれいだね」と白石は緋山を振り返った。

目をうるませていた緋山があわてて顔をそむける。

「あなたが一番感激してるじゃない」と白石は笑った。

「うるさいな」

ダメだ。もうこらえきれない。

緋山はそっと涙をぬぐった。

みんなを見回していた冴島は、奥のほうに彰生が立っているのに気がついた。

目が合うと、彰生は深々と頭を下げた。

その左手にはリングが二つ、人さし指と小指にはめられている。小指のリングの主はもうこの世にはいない。

さぁ、想いを伝えて。

彰生は冴島を目でうながす。

うなずいて、冴島は藤川の待つ祭壇のほうへと歩き出す。

両側に並んだ参列者たちがバージンロードをつくっている。

その間を冴島が歩いていく。

町田、早川、鳥居、広田ら救命のスタッフたち。名取はスマホを掲げ、灰谷は口をポカンと開けて見とれている。

「素敵……ヤバい」

感激する横峯の隣で、雪村が憧れのまなざしで先輩を見つめる。

自分の前まで来た冴島に緋山が笑顔を向ける。

「おめでとう」

その目に光る涙が、冴島はたまらなくうれしかった。

「ありがとう」

その隣は白石だ。

万感の想いを込めて、言葉を届ける。

「おめでとう」

「うん」

そんな光景を見ながら、藤川は自分の前に立つ藍沢に言った。

「早く俺に追いつけよ」

照れ隠しの言葉に、藍沢が小さく笑う。

そして、冴島が藤川のもとへとやって来た。藤川は笑顔で妻を迎える。

「ここで結婚式か。俺たちどんだけ病院好きなんだ」

「そうね」

微笑む冴島に藤川が左腕を差し出す。冴島が右腕をからめた。

見つめ合い、ふたりは幸せそうに微笑む。

祭壇の横に立つ橘がふたりに言った。

「誓いの言葉を」

出会ったときからの思い出が走馬灯のように藤川の脳裏を駆けめぐる。

そして、これから新しい思い出がどんどん増えていく。

どんどんどんどん増えていく。

一つ息を吸って、藤川は言った。

「ずっとはるかと生きてく。みんなの前で誓う」

冴島が答える。

「私もあなたと生きてく。みんなの前で誓うわ」


式が終わり、パーティが始まった。もっとも病院内で、しかも勤務中ということもありアルコールは厳禁。軽食とジュースとお茶だけの質素なものだ。

スタッフたちが入れ替わりながらウエディングドレス姿の冴島と写真を撮っていく。

うれしそうにその光景を眺めている藤川のところに緋山がやって来た。

「ほら」と重箱をテーブルにのせて開けてみせる。

「一つ星シェフの料理よ」

「マジで!!」

とテンションが上がったのもつかの間、料理を見たとたんに藤川の表情が固まった。

期待していたのとだいぶ違う。

なんというか……かなり見栄えがよろしくない。

「あ、半分は私が作ってるから」

なぜ、これでドヤ顔できるんだ?

あきれる藤川に、緋山の横にいた緒方が苦笑する。

「……えっと……」

言葉を探している藤川に、緒方が言った。

「あ、味は俺が見てるから保証しますよ」

緒方の言葉に少しカチンときた緋山は、「はい?」と反論口調で返してしまう。

ふたりの微妙な空気を察し、藤川はそーっとその場から離れた。

緋山は重箱の料理を紙皿に取り分けながら、ようやく口を開いた。

「……この間はごめん。ひどいこと言って」

あやまろうあやまろうと思いつつ、まだだったのだ。

緒方はおだやかな表情で緋山の言葉を聞いている。

「私はいつも言いすぎる。考える前に口や体が動いてる。そのくせ肝心なときは素直になれない」

言いたいことはわかっているのに、うまく言葉が出てこない。

素直になるのはとても恥ずかしいし、勇気がいる。

でも、想いは伝えなきゃ。

「……あなたと長くやっていきたいと思ってる。そのために変わりたいとも思ってる」

「……」

「だから……許してほしい」

今までに見たことのない緋山の素直な一面に緒方は驚き、かつ少しばかり戸惑う。

「美帆子が変わりたいなら止めないけど……。俺が好きなのは俺に合わせて無理してる美帆子じゃない。そのままの君だ」

真っすぐな言葉が緋山の心に響く。

「俺は好きだけどな」と緒方はにっこりと微笑んだ。

「不器用な美帆子も」

うれしいけど、なんか引っかかる……。

でも、うれしい！

笑顔になった緋山に、緒方はからかうように言った。

「まぁ……料理はもうちょっと器用になったほうがいいかも」

「えぇ？　けっこう上手にできたよねぇ」

リアクションに迷う緒方に緋山がじゃれつく。

そんな二人の様子を見て、藤川も安堵した。

「あ、もうこんな時間」

腕時計を見て藤川が一同に声をかける。

「みなさん、ホントありがとうございました。仕事がある人は、戻りましょう」

「えー」という声を上げつつ、皆、片づけを始める。

そのとき、「ちょっと待ったぁ！」と橘が叫んだ。

「悪い、忘れかけてた。あと二分、二分ちょうだい」

みんなが手を止めて橘を見る。

「ある人から頼まれててね。もう一つサプライズがあったんだ」

そう言って橘は藤川に一枚の絵はがきを手渡す。

「？……」

美しい青い海と島々の写真を裏返すと、なつかしい名前があった。

「あ……」

感激で胸を詰まらせながら、藤川は絵はがきの文面を読みはじめた。

「藤川先生、冴島さん、結婚おめでとう」

続く言葉は、ありったけの思いを込めて発した。

「田所です」

その場の一同がハッとする。

白石は思わずつぶやく。

「……田所先生」

おだやかで優しい笑みが脳裏に浮かぶ。

藤川は続けた。

「島に医者がひとりしかいないので、残念ながら結婚式には行けません。予定通りに式をやっていただければ、代わりの先生も頼んであったので出席できたのですが……」

そこまで読んで藤川は大げさに顔をしかめ、ひょうきんな口調で言った。

「あれ、田所先生怒ってるのかな」

あちこちから笑い声が起こる。

藤川は手紙に戻った。

「お調子者の医者としっかり者の奥さん。わが家と一緒ですね。きっといい夫婦になれると思います」

微笑む冴島の目尻を涙が伝う。

藤川もわずかに声を詰まらせながら読み進める。

「藤川先生、冴島さんがよく怒るのはあなたのことが大切だからです。感謝の気持ちで耳をかたむけてください」

わかりましたと藤川はうなずく。

「冴島さん、ときどきでいいので藤川先生を褒めてあげてください。愛する女性からの褒め言葉は何よりの力になります」

強めに言って、藤川は冴島を見る。

仕方がないなあと冴島は笑みを返した。

田所先生らしい愛情あふれる温かな手紙に、その場にいた全員が幸せな気持ちになる。

そんなみんなを見ている藍沢の顔もほころんでいる。


病院からほど近いところにある『めぐり愛』はニューハーフのメリージェーン洋子《ようこ》が経営するバーだ。メリージェーンは十年ほど前に腸閉塞で翔北病院に運び込まれたことがあり、それをきっかけに白石らと親交を深めるようになった。ちなみに本名は大山恒《おおやまつね》夫《お》という。

メリージェーンの歯に衣着せぬ毒舌は、嫌みも意地悪な響きもなくセンスがいい。その毒舌を浴びているとむしろ心地よくなり、ついついこっちも本音がこぼれ、結果ストレス解消になる。白石や緋山はちょくちょくこの店に通い、藍沢さえもたまにひとりの時間をこの店のカウンターの隅で過ごすことがある。

今、カウンターには一日の勤務を終えた白石と緋山の姿がある。藤川と冴島の結婚式を肴《さかな》に飲んでいるのだ。

「なんか、おめでたいけどさびしいね」

ビールのグラスを置いて、白石がボソッと言った。

「なにが？」

「藤川先生と冴島さんは、これから先ふたりの人生を歩んでいくんだなって。今までの関係がずっと続くとか勝手に想像しちゃってたから」

「は？」

緋山はあきれた。

「大げさ。明日も同じ職場で顔合わせるんでしょ。全然寂しくなんかないから」

「そういうこと言ってるんじゃないの」

この子はもう……心の機微ってやつがわかんないもんかな。

白石はグラスに残っていたビールを空けると、気を取り直して話を続ける。

「それに……」

「それに？」

「緋山先生とはなかなか会えなくなるでしょ」

白石の思わぬデレな言葉に、思わず胸がキュンとなる緋山だが、こいつ、もう酔っぱらってるのか?と、白石の顔色を確認することも忘れない。

「さびしいときは電話する。私の話を聞いてもらうために」

「やめてよ。せっかく離れてるのに」

「え〜」

白石はカウンターに突っ伏すと、すねたような上目づかいで緋山を見つめる。

もう……しょうがないなぁ。

「……電話の契約、通話が定額になるやつに変えとかなきゃ」

それを聞いて白石の顔がパッと輝いた。

そんな白石に、緋山のガードもゆるくなってくる。

「あのさ。こんな言葉、ほかの誰かが使ってるの見て、いつも嘘くさいって思ってたんだけど」

「……?」

「……あんたは私の親友」

まさかの告白に、今度は白石が驚く。

照れながら無言で微笑む白石から目を背けると、緋山はビールをぐいっとあおる。

なんなんだ、この少女マンガっぽいシチュエーションは……。

そのとき、ドアが開く音がした。

緋山は助かったと入り口のほうへ顔を向ける。

「あ、来た来た」

「?」と白石も振り返った。

「お疲れさまでーす」と入ってきたのは、横峯、灰谷、雪村だった。

藤川と冴島の結婚式の二次会をやるからと緋山が呼んだのだ。

「わっ、かわいいお店!」と横峯が声を上げる。

メリージェーンの感性で鮮やか……というか毒々しく彩られた店内を見回し、灰谷は言葉に詰まる。

「……なんか、すごい……」

これを「かわいい」と感じる横峯の感性もすごい。

「たしかに独特……」と雪村がうなずく。

ふたたびドアが開き、今度は名取が入ってきた。

「名取?」と緋山は驚く。「あんた、当直でしょ。なにしてんのよ」

「ああ、結婚式の二次会があるって言ったら橘先生が行ってこいって。代わってくれました」

平然と答える名取に、「はあ?」と緋山はあきれる。

「あんたバカ? そういうときは、いいえ、仕事は仕事ですからって病院残るのよ」

聞きなれた「あんたバカ?」から始まる緋山の説教をさらっと無視して、名取はカウンターの中のメリージェーンに言った。

「アイラあります? ハイボールで」

「あるある」

メリージェーンは名取と灰谷を舐めるように見回すと、目をギラギラとさせる。

「やだ、かわいい子ばっか。最高!」

「ちょっと!」

緋山が暴走を止めようと前かがみになったとき、さらにドアが開いた。ぬっと現れたのは藍沢だった。

「……あんたも?」

藍沢は店を見回して言った。

「主役ふたりがいない二次会って意味あるのか?」

「耕作ぅー!」

黄色い声を上げてメリージェーンが藍沢の頬にキスをする。いつもの挨拶とばかりに、藍沢は無反応でカウンターに向かう。

白石は笑いながら藍沢を手招きした。

＊　＊　＊

見えない〝心〟というものを相手に私たちにできることはあるのか。

伝えるしかないんだと思う。

想いを言葉にして。

でもきっと、想いの半分も伝わらない。

言葉という道具は曖昧で、それでいて使いこなすのがむずかしいから。

それでも伝え続ける。

今、伝わらなくてもいい。

いつか心に届く日があれば。

そう信じて言葉にし続ける。

でもまれに、本当にごくまれに、多くを語らずとも想いが伝わることがある。

努力を続けると、そんな幸運なプレゼントがあったりする。

慣れない幸運は、恥ずかしさに似た感覚を呼び起こす。

だが遠慮することはない。

そんなときは幸運に身を任せればいい。

普段伝えられない想いを、伝えることができるはずだ。


店を出た藍沢、白石、緋山の三人が夜明け前の瑠璃色の空の下を歩いている。

酔いもさめて、気分もおだやかだ。特に話すことはないのだが、黙っていても心地いい。

やがてヘリポートが見えてきた。自然と足がそちらへ向かう。

「結局、歩いちゃったね」と白石。

「そうね」と緋山がうなずく。

藍沢は薄明かりにぼんやりと浮かび上がるヘリの白い機体を見つめている。別れを惜しむように目を細める。

「……」

すると、背後から、「あれ？　お前らどうしたんだよ」という声がした。

三人が振り返ると、藤川と冴島が病院のほうから歩いてくる。ふたりに向かって白石が言った。

「夜勤お疲れさま。こんな時間になっちゃったし、このままカンファレンスの準備しようかなって思って」

「お前ら本当に病院、好きだね」

あきれながら、いつでも変わらないその姿勢が藤川にはうれしかった。

ドクターヘリの前で五人は微笑み合う。

その関係性は十年前と変わらない。いや、むしろ絆は強く深くなっている。

たとえ離れてしまっても……。

冴島がふと気づいたように口を開いた。

「藍沢先生。たしか今日、トロントに出発じゃ？」

「ああ。朝のうちに」

「あわただしいわね」と寂しさを感じながら、冴島が言う。

「でも楽しみ」

さびしさを押し殺して緋山が言う。

「外人相手だからってビビんなよ」

さびしくて、藤川は茶化しにかかる。

「絹江《きぬえ》さんが知ったら喜んでくれたのにね」

白石が藍沢の亡き祖母に思いをはせる。一時、翔北病院に入院していた絹江は、藍沢にとって唯一の家族だった。

もし健在なら、海外の大学病院から招聘されるほど立派な医師になった孫を、どんなに誇りに思っただろう。

「……そうだな」

遠い目になる藍沢を白石が見つめる。

「でも十分だ」

「？」

「お前たちが知ってれば、それで十分だ」

そう言って、藍沢はふたたびドクターヘリに目をやった。

白石、緋山、冴島、藤川もヘリを見る。

昇りはじめた太陽が、白い機体をうっすらと橙色に染めていく。

「出会って十年。一日のほとんどを病院でお前たちと過ごした。時間で考えたら、もう誰よりも長く一緒にいる」

藍沢の言葉に、四人はそれぞれ、これまでの十年をしみじみと思い返した。

この仕事が好きだ。命と向き合うことを通じて成長できるこの仕事が好きだ。

この仲間と出会えてよかった——。

「お前たちが家族みたいなもんだ」

なにクサいこと言ってんのよと緋山が笑う。

冴島と藤川は顔を見合せて微笑む。

白石は小さくうなずく。

そう……私たちは仲間であり、家族だ。

エピローグ

年が明けても島の日常は変わりない。

相変わらずのんびりとした空気のなか、田所は自転車を漕ぎ、小さな島をめぐる。

島にただ一つの学校――小学校と中学校を兼ねているが、全校生徒は三十六人だ――の前にさしかかると、田所はふと自転車を止めた。

校庭の桜の枝の先に一つ、二つ、三つとつぼみがふくらんでいる。まだ一月も半ばだというのに、ちょこんと顔を出した白い帽子に春の足音を感じて田所は微笑む。

ここは日本で一番早く春が訪れる場所なのだ。

子供たちのなかには、春とともに新天地へと旅立っていく者もいる。

高校進学のために、島を出る子供も少なくない。島から通うのはむずかしいので、当然家を出ることになる。

そんな島の子供たちは、少しだけ早く、大切な人との別れを経験することになる。

不安でたまらないかもしれない。けれど、きっと大丈夫。

その先には必ず新しい出会いがあり、振り返ればいつでも家族や友達は、それぞれの心の中にいるのだから……。

そんなことを思っていると、自分の最後の教え子たちの顔が浮かんできた。

往診を終え、診療所に戻ったときにはすでに午後五時を回っていた。

看護師の恵理を帰すと、立ち寄ったみやげ物屋で購入した絵はがきをカバンから出し、診療室のデスクにつく。

愛用の万年筆を手に取ると、田所は手紙を書きはじめた。

＊　＊　＊

青南周産期医療センターは千葉県の周産期救急医療の基幹病院として、県内で発生する産科救急及び新生児の救急疾患に対し、二十四時間態勢で対応している。

患者のほとんどが何らかのトラブルを抱えて運び込まれてくるわけだから、その緊張感は翔北病院の救命にいたときと変わらない。いや、妊婦やまだ生命力の弱い新生児が相手なだけにプレッシャーは増しているかもしれない。

しかも医局長というポジションゆえ、医師たちの統率や指導という不得手な役割もこなさねばならず、慣れない仕事に四苦八苦しつつも緋山は充実していた。
産科の赤いスクラブ※を身にまとい、今日も院内を駆けずり回っている。

「破水してる」

分娩室に患者を運び入れながら、緋山は待っていた若手医師に言った。

「このまま産ませるわ。手術室と麻酔室に連絡して。ダブルセットアップでいく」

「はい！」

「大丈夫ですよ」

患者に声をかけながら、迅速に処置を施していく。
ふと、今日届いた南の海の美しい絵はがきの文章が頭をよぎる。

『遠回りして見えた景色はどうでしたか。
あなたは情熱があって、頭もいい。強い意志もある。
真っすぐ行けば人より短い時間で一人前の医者になったことでしょう。
でも、今のあなたにはきっとかなわない。
短い道はそれなりの経験しかもたらしてくれないから。

道に迷ったときは振り返ってみてください。

歩いた道があなたの後ろにずっと続いているはずです。

その道がこれから先どちらに行くべきか、きっと教えてくれます』

田所先生、
今まで歩んできた道は曲がりくねってデコボコで、見たくもない景色もたくさん見せられてきたけれど、その経験は確実に医師としての私の力になっています。

だって、この私が医局長ですよ。

笑わないでください。

自分だって信じられないんですから。

今、私がずっと自分の歩む道の先に見すえてきた周産期医療の現場に立ち、自分が間違っていなかったことを信じられるのがうれしくてなりません。

※ **スクラブ**
半そでで首元がVネックになっている医療用衣類。

「お母さん！　赤ちゃん、生まれますよ！」

母親が顔をゆがめ歯を食いしばったとき赤ん坊が出てきて、緋山は両腕で抱きかかえた。しっかりとした命の重さをその手に感じる。

すぐに赤ん坊が身じろぎ、そして大きな声で泣きはじめる。

この声を聞くだけで、自分はいくらでも頑張れる。

緋山はそう思った。

＊＊＊

ホットラインを受けて、白石は名取、雪村とともにドクターヘリに飛び乗った。ヘッドセットをつけるや、現場の消防に呼びかける。

「こちら翔北ドクターヘリ、患者情報お願いします」

消防からもたらされる現場の状況を聞きながら、名取と雪村が治療方法をシミュレーションし、話し合っている。

そんな頼もしいふたりの姿が、白石の顔に自然と笑みをもたらす。

藍沢、そして緋山が翔北病院を離れてからもうすぐ一か月が経とうとしている。彼らが相次いでいなくなってしまったときは、正直さびしかったし、それ以上に不安だった。

しかし、そんな自分の不安を見越したように、フェローたちは彼らの不在をまるで感じさせない働きぶりを見せてくれている。

白石は、今日届いた美しい絵はがきにつづられたうれしい言葉を思い出す。

『あなたたちが巣立っていく日をよく思い描いていました。

あの頼りなかった白石先生がリーダーになったと聞きました。

あの頃からは想像もつきません。ごめんなさい。

でも、むしろ今は納得しています。

あなたには支えてくれる仲間がいます。

きっとそれはあなた自身の人柄ゆえです。

人はそれを人望といいます。

大切にしてください。

あなたの何よりの財産です』

田所先生、
先生と黒田先生が築き上げてきた翔北救命センターを受け継ぎ、自分の力でそれを超える救命をつくりたいと思っていました。

それが私の願いであり、夢でした。

過去形なのは、一度は無理だとあきらめたからです。

私には田所先生のようにすべてを見通し、包み込むような人間的な器の大きさもなければ、黒田先生のような厳しくも愛にあふれたプロフェッショナリズムもありません。

でも……先生のおっしゃるように、なんにもできない私には同じ志を持った仲間がいます。私に足りないものを持った頼もしい仲間です。

自分の力だけでは無理でも、仲間の力があれば、いつか必ず先生に褒めてもらえるような救命をつくれると、今は信じています。


ヘリが高度を下げ、事故現場が見えてきた。

道路に横転したトラックと玉突きになった数台の乗用車がある。

白石は名取と雪村と視線を交わした。

「行くよ」

＊＊＊

英語が飛び交う手術室にもようやく慣れてきた。

その分、日本語に飢えていたのかもしれない。

今朝、日本から届いた美しい絵はがきに書かれた達筆を見たとき、無性になつかしさを感じた。

不意に熱いものがこみ上げてきて、そんな自分に藍沢は戸惑う。


『さらに高い夢に向かって旅立とうとしていると聞きました。

思い切って挑戦してきてください。

ただ、ときどき休むことも忘れずに。

迷ったときは戻ればいいだけです。

今のあなたには戻るべき場所があります。

そこには仲間がいます。

すぐにまた出発する力をもらえるはずです。
いつまでも、何度でも
挑みつづけください』

田所先生、
医者になったとき、自分はひとりでした。
現場で頼れるものは己の力だけ。
ひとりでいいと思っていました。
でも、それは間違いでした。
ひとりの力でできることなど何一つありません。
逆に、仲間さえいればどんなに不可能と思えることでも実現できる。
自分はそのことを、先生がつくられた救命で知りました。
誰かとともに、誰かのために——。

執刀医が不意に手を止めた。

どうしたのかと藍沢がスコープから目を外し、患者の脳全体を視野に収めた。

「……小脳が腫れてきてますね。血圧は？」

「急上昇してます」と麻酔医が数値を告げる。

執刀医が浮足立ったように早口の英語でまくしたてる。

「術野にはなんの異常もない。原因はなんだ？」

ドレープの下にもぐり込んでいた助手があわてて顔を出す。

「瞳孔不同もあります」

手術室の緊張が高まっていく。

永遠に続くかのような沈黙のなか、藍沢が口を開いた。

「遠隔出血じゃないでしょうか。術野に問題がないとするとテント上での出血が疑われます。バーホール※してみましょう」

藍沢は手術顕微鏡から離れると、穿頭手術にとりかかる。頭皮をメスで切り、開創器で広げ、瞬く間にドリルで穴を開けていく。

※**バーホール**
頭蓋骨に穴を開けること。

その鮮やかな手技と沈着冷静な判断に、医師たちは驚きを隠せない。

「そうか……」と執刀医が思い出したようにつぶやいた。

「君は想定外の事態には慣れてるんだったな。たしか救命育ちの脳外科医だとか」

「ええ」と藍沢は手を動かしながらうなずいた。

「フライトドクターでした」

CAST

藍沢　耕作……………………山下　智久
白石　恵 ……………………新垣　結衣
緋山　美帆子 ………………戸田　恵梨香
冴島　はるか ………………比嘉　愛未
藤川　一男……………………浅利　陽介

名取　颯馬……………………有岡　大貴（Hey! Say! JUMP）
灰谷　俊平……………………成田　凌
横峯　あかり ………………新木　優子
雪村　双葉……………………馬場　ふみか
新海　広紀……………………安藤　政信
橘　啓輔 ……………………椎名　桔平

■ CINEMA STAFF

脚本：安達奈緒子

音楽：佐藤直紀、得田真裕、眞鍋昭大

主題歌：Mr.Children「HANABI」(TOY'S FACTORY)

プロデュース：増本 淳

演出：西浦正記

制作著作：©2018「劇場版コード・ブルー
―ドクターヘリ緊急救命―」製作委員会

■ BOOK STAFF

脚本：安達奈緒子

ノベライズ：蒔田陽平

ブックデザイン：竹下典子（扶桑社）

DTP：明昌堂

劇場版コード・ブルー
―ドクターヘリ緊急救命―

発行日　2018年7月18日　初版第1刷発行

脚　　本　安達奈緒子
ノベライズ　蒔田陽平

発 行 者　久保田榮一
発 行 所　株式会社 扶桑社
〒105-8070 東京都港区芝浦1-1-1 浜松町ビルディング
電話　03-6368-8870(編集)
03-6368-8891(郵便室)
www.fusosha.co.jp

企画協力　©2018「劇場版コード・ブルー
―ドクターヘリ緊急救命―」製作委員会

製本・印刷　中央精版印刷株式会社

ISBN 978-4-594-08014-3